感動世界

感動三界故事詩集

陳福成著

文學叢刊
文史哲出版社印行

國家圖書館出版品預行編目資料

感動世界：感動三界故事詩集/ 陳福成著.--
初版 --臺北市：文史哲,民 109.06
頁； 公分. --（文學叢刊；422）
ISBN 978-986-314-513-4（平裝）

863.51　　109007965

文學叢刊 422

感動世界

感動三界故事詩集

著　者：陳　福　成
出 版 者：文 史 哲 出 版 社
http:// www.lapen.com.tw
e-mail：lapen@ms74.hinet.net
登記證字號：行政院新聞局版臺業字五三三七號
發 行 人：彭　正　雄
發 行 所：文 史 哲 出 版 社
印 刷 者：文 史 哲 出 版 社
臺北市羅斯福路一段七十二巷四號
郵政劃撥帳號：一六一八〇一七五
電話886-2-23511028 · 傳真886-2-23965656

定價新臺幣三六〇元

二〇二〇年（民一〇九）六月初版

ISBN 978-986-314-513-4　　10422

自序　感動世界、感動三界二十八重天

這像是一個發瘋的年代，美國有個瘋人總統讓全球發瘋，英國首相比誰最瘋，台灣這個小島由妖女男魔統治，那能不瘋？導致小老百姓全瘋了。不想發瘋的人，看看本書，或許有些療效！感動，感動，讓你不會發瘋。

這世界也夠亂的，美國人在全球點燃戰火，這樣他們的飛機大砲才賣得出去，維持軍火工業的興盛和就業率。於是各洲都在打仗，沒打仗的地方也亂局。整個地球，何處是淨土？何處可得清淨心？看看本書，小小一方淨土，讓你感動，讓你暫時清淨，感動桃花源真的存在。

這社會也夠黑的，台灣已經被很多媒體形容為「詐騙社會」，台獨偽政權本身就是「詐騙集團」。台灣的詐騙犯著名於國際，因而台灣在國際上被叫「詐騙王國」，我們整個社會成為「合法、正常、普遍」詐騙社會。看看本書，感動一下！真誠芬芳，讓你成為有真性情的人。

「政治是管理眾人之事」，這表示人不可能完全擺脫政治的干擾。實際上，放眼全球各國，由於「民主」只是騙局和假象，民主政治制度打開了「潘朵拉」盒，成為很邪惡的制度，人都被政治和政客綁架。人民只在投票當天當五分鐘「主人」，之後全是政客和政治的奴隸，你怎會活的快樂？看看本書吧！一些感動，讓你感動一下，得以暫時忘記當奴隸的痛苦！

「民主政治」和「資本主義」，本質上是一家人，一體兩面之物，一個崩解即兩者一起死。但「潘朵拉」盒打開了，便關不起來，所以民主成為普世價值，實即「普世騙局」。這種制度走到最後結局，就是科學家說的「地球第六次大絕滅」。大絕滅之前，眾生在水深火熱的「民主」欲海浮沉，看看本書，感動一下，這世界暫時仍有「水不深、火不熱」的小角落。

「利己」，是民主政治和資本主義的根基，乃「立制之本」。因此利己成為普世價值，人性變得極為自私，凡事以「我」為中心，不顧別人死活，「冷漠」是這種社會型態的必然產物，人人自私和人人冷漠成了社會常態。看看本書，仍有瀕絕的人，他們熱情、無私，讓你感動！你也熱情一下！無私一下！

世界這麼亂！社會這麼黑！人性這麼自私冷漠，我們如何「安身立命」？我們身心靈越來越髒。看看本書，書中都是「環保清潔液」，清潔你的身心靈。感動世界！感動三界！感動於安身立命。

台北公館蟾蜍山　萬盛草堂主人　**陳福成**　誌於二〇一九年八月

感動世界——感動三界故事詩集

目次

輯四　板凳媽媽帶大138孤兒……一四七

輯五　老榮民呂振誠捐三千萬……一八五

輯一　八旬翁拾荒養八棄嬰

寂寞的時候
到這公園小坐
把寂寞丟入池塘
與旁邊空寂的椅子
聊聊天
解三世之悶

往事
是到此一遊
如夢如幻
褪色的照片裡
汗味仍在
一夢醒來
無所從來
亦無所去

八旬翁戴城民拾荒養八棄嬰

詩頌戴城民

戴老先生是怎樣一個人
蚌埠市鐵路沿線的拾荒者
還有一個殘疾老妻
要如何養育八個棄嬰??

教育他們長大
要感恩回饋社會
戴老先生，我不稱頌您是偉人
但我向您致最高敬意
社會需要您這樣的人

人間福報
2011. 8. 20.

8旬翁拾荒 養8棄嬰

不識字的「爸爸」 教導孩子詳細記錄每份關愛 懂得感恩 長大後回饋社會

你是否相信命運
諸如這輩子就是拾荒
把別人丟棄的寶貝
重拾回來
把別人遺棄的愛
也重拾回來
這是你的天命嗎？
上天派你下凡
以拾荒養大八個棄嬰
為眾生以身說法
教育眾生
怎樣才叫做大愛

老先生。拾荒的日子一定不好過
你用大愛的心翻轉你的世界
讓荒田變成沃壤
讓荒榛變成棟樑
　你窮得剩下愛
你的大愛對社會必將產生深厚久遠的影響
甚至改變一個社會的體質

8旬翁拾荒 養8棄嬰

不識字的「爸爸」 教導孩子詳細記錄每份關愛 懂得感恩 長大後回饋社會

【本報綜合報導】他八十一歲高齡，卻是八個孩子的「爸爸」；他曾以拾荒爲生，卻用自己微薄的收入和殘疾的妻子一同養育八名棄嬰；他不識字，卻能夠在生活的點滴中教會孩子們做人的道理。

二十多年裡，住在安徽蚌埠市鐵路沿線一處簡易窩棚裡的戴城民，用他無微不至的愛呵護著八個孩子健康成長。

「儘管生活艱苦，把這些孩子養育成人是我的責任，畢竟能夠遇到他們也是緣分」，一九八四年，戴城民在蚌埠鐵路沿線打零工，收養了第一個棄嬰，此後的二十多年內，戴城民陸續收養了其他七名棄嬰。養育幾個孩子的花費，讓收入微薄的戴城民陷入困境，打工之餘，在鐵路沿線拾荒成爲他生活的一部分。如今，戴城民經人介紹成爲一名街道臨時清潔工，每天起早貪黑賺取每個月將近六百元人民幣（約合新台幣三千七百元）的工資。

幾個孩子陸續到了上學的年齡，因沒有戶口，孩子們的入學成爲難題。看著孩子們渴望上學的眼神，戴城民只有四處求助，最後在好心人的幫助下，幾個孩子才得以就近入學讀書。一些愛心人士在得知戴城民一家生活艱難後，也不斷給予他們資助。戴城民讓孩子們詳細記錄下他們收到的每一份關愛，教育孩子們要懂得感恩，長大後回報社會、回報幫助過他們的人。

如今三個年齡大的孩子已經外出打工，一個孩子被愛心人士領養。

老大戴曉旺（右）爲家人洗衣服，承擔了家裡大部分家務。圖／新華社

社會也是一個奇異詭怪的大花園
新聞媒體紛紛報導
似乎這世界是充滿光明的
誰知不久又闇黑了下來
今天過後就成了歷史
歷史最容易被人遺忘
你不為所動，堅持所愛
為整個社會點燃一盞小小的光明燈
經由大愛與慈悲的加持
光明燈極可能照耀千古
成為永恒
因為一燈可照亮三界

註：佛經中有個典故，某日佛陀到一個城鎮講法，很多人事先得到消息，都在設法供養佛陀，有錢的人點了很大的燈供養，有個赤貧小女孩也發心要供養佛陀，但她所有的錢尚不足點一盞最小的燈，油行老闆同情她，多給一點油才點燃最小的燈。

結果小女孩的小燈放出大光明，比所有大燈更亮，甚至照亮三界。佛弟子們不解，問佛。佛陀答說：「小女孩的大愛和慈悲產生強大的力量，所以她的一盞小燈能照亮三界。」

安徽的戴城民（左）教育孩子，要懂得感恩，長大要回會饋社會。 圖／新華社

無腿男陳州鐵臂登嵩山

詩頌無腿男陳州登嵩山

這世界還真是奇怪
許多人有腳卻寸步難行
而無腿男陳州
能登嵩山峻極峰，三千七百餘台階
能行遍天下
巡迴六百多城市，參加百場公益演出
他堅持給社會，最大的回饋
吾等好手好腳人呢？？
吾國中岳嵩山以双手歡迎你
陳州，五岳一起向你致敬

群山向你歡呼、頂禮
山神說：「我們真的被你打敗了！」
各大山頭都慌了
因為來了一個更大的山頭
這個山頭看似不怎樣！
他甚至連山腳也沒有
卻征服了中岳嵩山
眾山岳到底該悲還是該喜？？

陳州，你以為什麼是腳
堅定的意志就是登山的腳
你以為什麼是山
禪師說的見山不是山
一見如故吧！
或以山為競爭的對手

視為磨練意志
可敬的敵人吧！
山，堅定了你永不服輸的意志

山，也洗淨了你的靈魂
你因此領悟人生的實相
乃巡迴各城鎮，參與各項公益活動
以身說法，警示眾生
天生我才必有用
生為現在的中國人
要為自己的國家社會做點什麼！

陳州，你登高望遠
群山都變小老弟
登嵩山之頂
望神州大地烟波浩渺
長江黃河都成了你的麾下
你浩然正氣
油然而生

我們這一代的中國人須要你這種氣魄
兩岸才能一統
二十一世紀才是咱們中國人的世紀
感謝陳州，你給氣也給力

中國大陸山東省山一名失去雙腿的男子陳州，十二日靠雙臂緊登河南高山最高峰「峻極峰」，登上三千七百九十六個台階，歷時七小時
陳州今年二十九歲，十三歲時從火車上掉下來，臀部以下十公分全部截斷，只能用雙手拄著一對木凳行動
他十二日成功攀登五岳之一的「中岳」嵩山，從祖母國出發，登上主峰峻極峰，全程共有三千七百九十六個坡度不等的台階　陳州此行帶著五歲的兒子和九歲的女兒一起登山，他說：「堅持到底，就是堅告訴他們，任何事情都要堅持」他到達後跪地面，虔悅叩頭，家人們也紛紛上前親吻他（左圖）
陳州也是一名歌手，他樂觀堅強，曾歐洲巡迴過六百多個城市，並參加近百場公益演出，回餽社會。　圖／新華社

八老造林，荒山變森林

詩頌八老造林三十年

雲南省曲靖市陸良縣
有八老是八仙過海嗎？
三十年堅守在漫漫荒山上
無中生有
生出一座「花木山林場」
這是神州大地上，中華子民在
自己的土地上
再創造一段愛家愛國的山中傳奇
故事得從民兵大隊王小苗營長開始
王營長不帶兵了，去領導一批小樹苗

8老造林 30年不悔
王小苗不忍荒山 號召好友上山種樹 協助鄉鎮植樹13萬畝
人間福報 2012 3.22

王營長不練兵了，去熬煉荒山裡的綠樹
王營長不用兵了，去創造山中傳奇
先後有王長取等七老加入荒山造林工程
共成花木山林場八仙

人老了，有的去隱居，聞暮鼓晨鐘
有人坐待天命
或去享受生命最後的餘生
而八老，八仙
你們選擇善用最後的餘力
散發餘光
讓數十萬畝荒山，成為壯麗的山林
這是了不起的春秋大業
山林必將造福無數眾生
蟲魚鳥獸等類也生生不息
王小苗等八老，你們功德無量
地球因暖化的關係
許多地方出現沙漠化

17 八老造林，荒山變森林

綠野山林「往生」得比人還快
陽光、空氣、水成了人類的威脅
喚醒「地球第六次大滅絕」提早來臨
加速造林，阻止沙漠化
是救命的好藥方
綠化造林是中國的大戰略
是中華民族生存之命脈
八老，你們給中華子民做了最好的示範
你們給全人類上了一課
綠化造林是救地球最好的辦法
也是人類自救，救子孫的好藥方

花木山林場，敞開舒爽的懷抱
歡迎眾生在林中織夢
小樹會長成參天巨木
在神州大地與藍天白雲共伴千百萬年
八老也在這林場修行、駐蹕
成為永恒的八仙
蔭庇生生世世的中華子民

【本報綜合報導】在雲南省曲靖市陸良縣，有八位農村老人，三十年來堅守在漫漫荒山上，目的只有一個——種樹、護林。

從陸良縣城出發，半小時左右車程，有座被稱為「花木山林場」的七千四百多畝林地，「這都是那八位老人的功勞，是他們把樹種在了那原本的荒山上。」當地宣傳部門工作人員解釋。一九八〇年年末，當時的大隊民兵營長王小苗，在帶領民兵上花木山訓練打靶時，發現目光所及竟是滿眼荒蕪，在一次次內心隱隱作痛後，決定上山開荒種樹。

在王小苗的號召下，出於朋友、兄弟情誼，有七人加入了他的種樹隊伍。從揮起鋤頭鑿開第一個樹坑起，這八位未曾想到，此後漫長的人生歲月裡，他們將始終與這座山林為伴。

海拔兩千多公尺的花木山上，天寒地凍，他們只能在山上臨時搭就的簡陋棚子裡入睡，第二天一早，就得冒著嚴寒挖樹坑、填埋土壤。花木山終年缺水，所種樹苗只有等雨水來澆灌，每到雨季來臨之時，為保證樹苗的成活率，他們一次次冒雨栽種。

而每每在千辛萬苦地挖好樹坑，把樹種撒進去，遲遲不見種子發芽，挖坑一看，樹種早已不翼而飛。「山上的小鳥、老鼠常常過來禍害，一不小心樹種就被牠們偷吃了。」

這段艱難的「綠化」之路，歷時四年，到了一九八四年，林場已具備了雛形，為紀念大家艱辛的付出，八人一致同意，將這片林場取名為「花木山林場」。林場建成後，他們轉換身分，成了護林員，一直守在自己一手建立起來的林場裡，巡山、護林。造林成功的消息很快不脛而走，不少附近的鄉鎮請求王小苗他們幫助造林。

從一九八五至一九九五年，王小苗等八人先後承包了陸良縣九個鄉鎮、十三萬六千畝的荒山造林工程，在每畝工程造林驗收合格僅有人民幣十元（約新台幣四十六元）的報酬基礎上，經林業部門檢查驗收，造林全部合格。

八人之一的王長取，每當巡山時看著眼前一棵棵拔地而起的高大松樹，他就覺得心裡很踏實、很高興。而八位老人守山護林的這些年裡，整個花木山林場沒有發生過一起火災，沒有發生過一起偷砍盜伐事件。如今，他們一起下山回家了，王長取說：「我身體還行，還能做得動。要是能讓我再守幾年，等我實在做不動了再下來，就更好了。」

獨臂挑夫何天武登華山三千次

詩頌獨臂挑夫何天武登華山三千次

夕陽射出一條條金線，從哪山峰
移向何天武腳下的山峰
他背負一座山的重量，腰一彎再彎
他「挑著華山」，來回已走了三千次
腰彎了三億回
而他的尊嚴與自信，從未彎過腰
就這樣，他挑著華山
撐起一個殘缺的家園
讓年幼的孩子得以正常成長
我想像你征服華山的風景

2010.6.7

獨臂挑夫登華山3000次

何天武拒當乞丐 感動無數人

【本報綜合報導】在中國陝西省「自古華山一條路」上，有群「挑山的人」，他們常年背負數十、上百斤的貨物，在陡峭、險峻的高山上艱難攀越，以賺取生活費。其中可見一名獨臂挑夫，十年來他登華山之巔三千餘次（圖／取自網路），堅守著「決不下跪乞討」的最後尊嚴和自信，撐起了殘缺的家園。

你已成華山一只鷹
乃至華山天馬
把無數華山的黎明和黃昏
都收納在你的胸中
成為自古到今華山最美的史詩
亦如長江黃河一般壯麗的史話

天馬乘雲釋放英雄的氣息
無臂的男人、無臂的英雄
以華山為臂，以天地為臂
以山河大地為臂
你還有什麼挑不動的？
你挑動所有中國人的神經系統
還有什麼挑不動的？

四十八歲的何天武，二十幾年前，其妻子身患重病逝世，留下了巨額債務和兩個年幼的孩子。何天武為了掙錢養家，到河南挖煤，不幸在某次事故中，斷裂的鋼絲繩斬斷了他的左胳膊。他返家後，曾在荒山上開墾，可一場洪水，讓他的汗水和希望付諸東流。最後他選擇到華山當名挑夫。

陳學相把愛扛肩上

詩頌陳學相把愛扛在肩上

陳學相與葉其英
八十三歲老漢與八十六歲老妻
你們顛覆了人世間的愛情定律
愛情從未在人間久住
通常都是早逝
極少極少有長命者
「婚姻是愛情的墳墓」
是正常且是普遍性定律
如牛頓三大定律一樣是共認的道理
二老的婚姻已如日月星辰之老
愛情怎麼沒進入墳墓??

重慶奶奶行動不便 悶得發慌 老伴帶她趕集溜達 又背她回家 見證愛情

把愛扛肩上

2019.8.7
人間福報

【本報綜合報導】七夕前夕，一組照片在網路上流傳，讓許多年輕人讚歎「愛情的力量」。八十三歲的陳學相與八十六歲的妻子葉其英，住在中國大陸重慶市忠縣的山裡，葉其英行動不便，身材瘦弱的陳學相乾脆把妻子扛到肩上，在山路走著，村民悄悄拍下照片，發到微信朋友圈，兩位老人一夕成為「網紅」。

《重慶晨報》報導，葉其英去年摔了一跤，行動不方便，今年大半年來幾乎沒出過門，經常坐在門口，望著門外輕聲嘆氣。

在家裡悶久了的葉其英，日前對陳學相說了一句：「好想去鎮上趕個場嘛。」就為了這句話，老爺爺決定帶老奶奶去鎮上走走。

21 陳學相把愛扛肩上

神奇啊！不思議！

愛到地老天荒
魔力如地心引力般長在
如大海的愛
永遠迷戀著夜空裡的星星
親切的天籟永不止息
把平凡的愛堅持到永恒和偉大
你深愛著她，她深愛著你
彼此以無言說法
也不立文字
只把行動不便的老妻扛在肩上
現身說法
這就是人世間最長命的愛情

人老了，八十多歲能不叫老乎
腰酸、背痛、三高……
這些要命的敵人能不入侵嗎？
有愛的加持

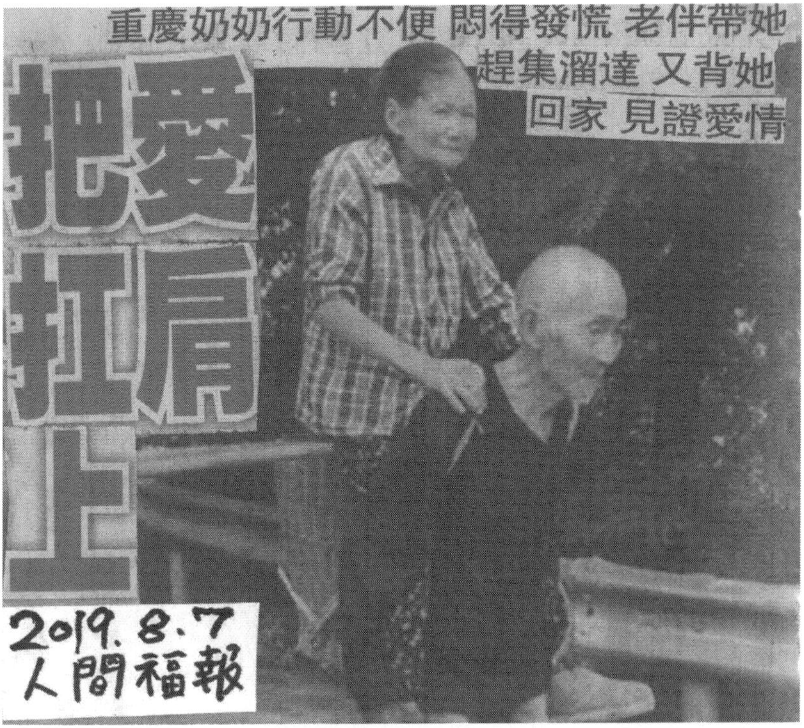
重慶奶奶行動不便 悶得發慌 老伴帶她
趕集溜達 又背她
回家 見證愛情
把愛扛肩上
2019.8.7
人間福報

敵人就是來了，也被制壓或投降
還有，你膝蓋裡的鈣可能死得差不多了
但有愛的加持
死的鈣又活了，且鮮活如青春的你
有了愛，所有的黃昏有黎明的朝氣
有了愛，枯葉又新綠
有了愛，返老還童

你們未來的歲月，四季都是春天
就是冰河時期重臨地球
你們的世界定是四季如春
你們的身影
是這世間最佳的無言說法
向世人述說一個你們親身檢驗過的事實：
愛情真的有長命的
愛情真的有永恒
愛到地老天荒是真存在的事實

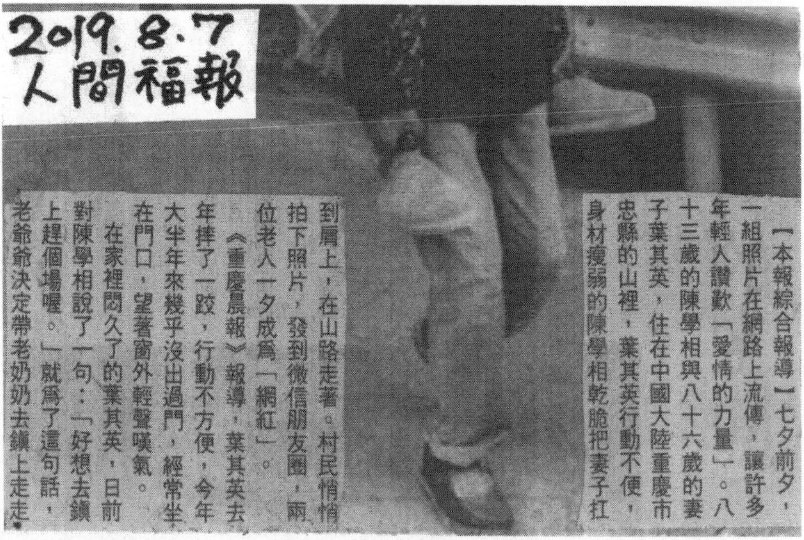
2019. 8. 7
人間福報

【本報綜合報導】七夕前夕，一組照片在網路上流傳，讓許多年輕人讚歎「愛情的力量」。八十三歲的陳學相與八十六歲的妻子葉其英，住在中國大陸重慶市忠縣的山裡，葉其英行動不便，身材瘦弱的陳學相乾脆把妻子扛到肩上，在山路走著。村民悄悄拍下照片，發到微信朋友圈，兩位老人一夕成爲「網紅」。

《重慶晨報》報導，葉其英去年摔了一跤，行動不方便，今年大半年來幾乎沒出過門，經常坐在門口，望著窗外輕聲嘆氣。

在家裡悶久了的葉其英，日前對陳學相說了一句：「好想去鎮上趕個場喔。」就爲了這句話，老爺爺決定帶老奶奶去鎮上走走。

口足畫家，用口和足揮灑人生

詩頌口足畫家

數十年來，每年都會收到
他們以口足創作的美麗世界
幾十年和他們神交
感動，是自然且發自內心的情緒
謝坤山、陳世峰、李君偉、溫珮妃
陳美惠、張維德、楊淑怡、林宥辰
你們創造自己的歷史
這不凡的春秋大業
是心血、意志和堅持所建構的理想國
為這五濁世界警示
藝術理想國是真實的存在

口足畫家林宥辰於畫展現場以口握筆親書“馬到成功”預祝馬市長競選總統成功。

新當選總統馬英九先生於台北市長任內參訪國際口足畫展與口足畫家互動之實況。

在你的國度裡，擁有的領土也許不大
就一方小小畫室
但你們的作品都長了翅膀，飛翔於天際
或化為蟲魚，悠游於草原大海
展現藝術世界之寧靜和壯美
你們與天地合而為一
給自然以生命力，給眾生以靈魂
你們用一生轉山轉水
化苦難成偉大的力量
寂寞留給自己，五彩繽紛啟示眾生
與眾生同在，享受寂寞而不孤獨

你們每一個人都是一座城堡
在你一方心靈裡
有閣樓、涼亭、花園、自己設計的陽台
日月星辰都是好夥伴
山河大地都是你的財富
隨時可以邀請入夢、入畫

李君偉 口畫家

溫珮妃 足畫家

楊淑怡 足畫家

林宥辰 口畫家

你我之間距離很遠，我只是萬千客戶之一
但幾十年神交，你們的藝術思想、決心毅力
深深感動了我，我們距離很近
所以，我也能感受到你路途
走的多麼艱辛！
不論過去、現在、未來
沿途必是崇山峻嶺，河流阻斷前行的路
但你們用口和足
逢山開山，遇水架橋
你不甘被困，左冲右突
總可以殺出一條向前行的血路
你們以身說法，以畫警示眾生
這世界沒有絕路，更無死路
天生我才必有用
宇宙很大，必有一塊屬於自己的疆土
永不放棄就是前行的路
堅持下去就能找到
這塊屬於自己的疆土

謝坤山 口畫家

陳世峰 口畫家

陳美惠 足畫家

張維德 足畫家

趙文正撿破爛33年捐四百多萬

詩頌撿破爛的行善英雄趙文正

孔子、孟子、荀子、韓非子……
你們不要在辯論善惡問題了
古今中外的思想家們
你們不要再為人性的善惡吵架了
你們吵了幾千年也沒結果
來看看這位住在神州大地上
台中烏日靠撿破爛為生的
行善英雄趙文正
就一切都有答案了
答案，鐵證如山

▲美國《富比士》雜誌公布年度亞洲行善英雄榜，台灣有4人，特別的是家住台中烏日的清潔工趙文正也上榜，他33年來從事資源回收，收入全捐給社福團體，累積已捐了400多萬，堪稱男版「陳樹菊」，圖為戴上遮光墨鏡的趙文正，正準備出發做回收。（林欣儀攝）

與張榮發、戴勝益、許文龍 同登富比士行善英雄榜

趙文正撿破爛33年捐四百多萬

中國時報 101.6.23.

27　趙文正撿破爛33年捐四百多萬

趙文正，台中烏日的窮人家長大
年幼家貧，常繳不出學費
以撿破爛為生，發願行善助人
助養過十三位貧童
捐贈警備車
三十三年間捐家扶中心四百多萬元
榮登富比士行善英雄榜
趙文正以身說法，向眾生無言開示
行善沒有時間點
不是等有錢再做
只把人性本善發揮出來

趙文正的心，是什麼心
是佛心，是眾生心
故能看到眾生中苦難者之苦難
感同身受，伸出援手
你雖貧窮，甚至撿破爛為生
你的心是多麼富有

與張榮發、戴勝益、許文龍 同登富比士行善英雄榜

▲美國《富比士》雜誌公布年度亞洲行善英雄榜，台灣有4人，特別的是家住台中烏日的清潔工趙文正也上榜，他33年來做資源回收，收入全捐給社福團體，累積已捐了400多萬，堪稱男版「陳樹菊」。圖為戴上遮光墨鏡的趙文正，正準備出發做回收。
（林欣儀攝）

你真是窮得只剩下一顆慈悲心
這顆慈悲心感動了世界
也改變許多人的世界
你也給全人類上了一課
生命要怎樣發揮價值！
在闇黑的世界中要怎樣點燃一盞明燈
只要一盞小燈
能照亮一個闇黑的世界

你撿拾破爛賣回一點錢
化成許多貧童體內
一滴滴健康的血
你救人，更救了地球
你的傳奇，會在台中永遠的流傳
亦為後世子孫學習的典範

趙文正撿破爛 33年捐四百多萬

林欣儀／台中報導

年幼家境貧苦、常繳不出學費，長大後發願行善助人的趙文正，靠著做資源回收，卅年來不但捐款四百多萬，還助養十三位孩童，捐贈警備車，他的善行經披露後，榮登今年富比士亞洲行善四十八英雄榜中的四名台灣人之列，與同時上榜的長榮集團創辦人張榮發、王品集團董事長戴勝益、奇美集團創辦人許文龍齊名。

卅三年前，看到報紙刊載的一個可憐孩子，開啟了趙文正的行善之路，一開始他捐助家扶，每月捐出數百至兩千塊。家扶中心的志工對他印象深刻，因趙文正每次到家扶，從口袋中掏出十元硬幣、百元鈔票，上頭都浮著層油漬，顯示他是剛從回收場賣完破銅爛鐵，就把錢拿出來捐款。

一邊整理著收回來的寶特瓶、鋁罐，趙文正指著一旁堆疊的紙箱說，別看那一大疊，抱著都不好抱的厚紙箱，載到回收場去，每公斤才賣五塊多，整疊算一算不過幾十元，但積少總能成多，連一張薄薄的紙，他都不放過。說著說著，趙文正又拿著安全帽，戴上保護患有青光眼、白內障的墨鏡，準備出門做回收。

努力做回收，趙文正也常碰壁；他說，有一回，被一旁的年輕人笑稱：「你像狗一樣，在翻垃圾桶。」當時他心中真的很難過，眼淚都快掉下來了，卻也沒回話，只是默默走開。

每天早上，到工廠做清潔工，一個月才賺萬把元，加上資源回收賺來的錢，趙文正將四分之三捐出去。他拿出接受助養孩子寄來的信，臉上滿是愛心地說，在家扶捐助七個孩童、世界展望會有一個、台中育嬰院兩個，另外惠明學校也有三個，有孩子寫信來，說要學他關懷社會、不求回饋的精神，當下就覺很值得。

有人勸他「要留一點給自己啊！」但趙文正說，「我很有福氣，孩子都大了，也乖。」受過他捐助的單位不只慈善團體、慈濟等單位，連台中市政府去年都受贈一輛消防警備車。

聽到自己因做公益、捐款的事蹟獲獎，甚至與國內三位富豪齊名，趙文正沒有特別興奮的表情，他笑說，自己不能和大企業家比，因為做回收只有一點點，但覺得行善沒有時間點、不是要等有錢才做，為的更不是要得獎，全是自覺問心無愧，也沒有退休的一天。

家扶中心昨天特別送上一個大蛋糕為他慶賀，台中市長胡志強親自走了趟趙家，獻上花束，強調趙文正代表的是台灣小老百姓的愛心。

代天久校長當挑夫，攀山路送學生餐

詩頌代天久校長當挑夫

為給學生送早餐
宜賓市翠屏區南廣鎮一個老校長代天久
把一個小學的學生早餐
用竹簍背著
在深山裡走十餘公里
為每天讓孩子們準時吃到早餐
雨季連綿時，山路難行
大自然無情，隨時會奪走
裝在竹簍裡，滿滿重重的愛
你一定無心觀賞沿路山區的美景
你心中牽掛著孩子們的肚肚

代天久每天背著竹簍走十多公里山路，爲學生送早餐。　圖／取自網路

肚肚沒有養料怎麼上課？
怎麼長大？
國家民族要怎麼強盛？
想到這裡，我好想化成一朵蓮花
飛在你經過的路途，向你致敬
代天久校長，你是我們
中華民族下一代孩子守護神的典範
全中國的小學需要你這樣的校長

有你真好
有你孩子們有福了
你用這種犧牲精神且刻骨銘心的愛
養育這些孩子
他們必將帶著「代天久的愛心」
在社會上散播開來
有如陽光，給許多人溫暖
下下代的孩子們有福了
中華民族下下代的孩子們有福了

校長當挑夫 攀山路送餐

山區不通車 背竹簍走10多公里 看見學生笑容最開心

2013. 6. 20 人間福報

代天久每天背著竹簍走十多公里山路，為學生送早餐。 圖／取自網路

【本報綜合報導】山區小學不通車，為了保證全校五十一名學生每天能準時吃到早餐，中國四川省宜賓市翠屏區南廣鎮中心校杉木校區六十歲的退休校長代天久，每天用竹簍背著早餐走十多公里山路，為學生送飯。

翠屏區南廣鎮中心校杉木校區位於海拔一千多公尺的山上，今年五月前，都沒有通往山上的公路，只能靠步行上山。

為了讓學生準時吃到早餐，代天久早上五點就先起床吃早餐，然後背著竹簍下山；七點從校本部拿到學生的早餐後，便立即啟程返回分校。

由於山上海拔高，有時整整兩個月都陰雨連綿，上山的路一直很滑，代天久說，背著三十多公斤的早餐，他曾三次從路邊滾下一公尺高的水田裡，每次摔倒後，他都趕緊爬起來再出發。

這一幕，中國人眞的醒了

詩頌好學病童，田勇老師挑他上課

看到老校長用竹簍挑著學生早餐
在山區走十多公里
看到老師挑著生病的學生來上學
看到生病的小朋友克服痛苦
仍堅持要走路去上學
凡此，讓我深感、深悟
現在的中國人醒了，真的醒了
躺在牀上抽鴉片的東亞病夫形像遠去
逃難的日子遙遠
現在的中國人，不論老少
勇於拼鬥，敢於挑戰，無畏艱困

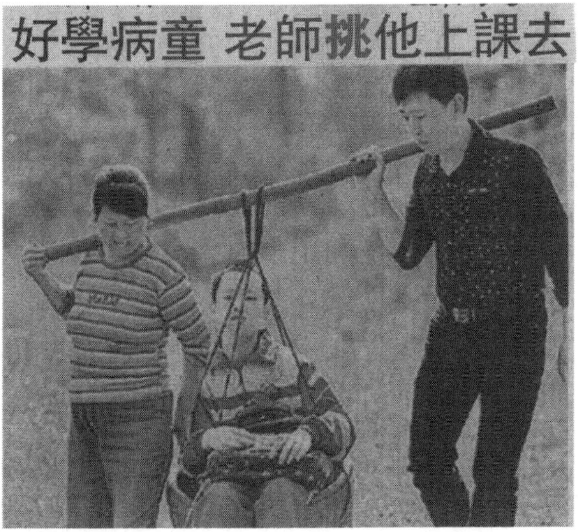

就是要拼出一番版圖
我感覺，我們的民族精神回來了
只要中國民族精神在
我們無畏西洋帝國主義如何凶險
我們完全有信心克服

葉兆亮小朋友，你是勇敢的孩子
你雖患有幼年脊柱關節炎
但你的意志力驚人
你又有個好外婆、有個好老師
你是全中國小朋友的模範生

孩子的班主任田勇老師
你以身說法
向神州大地所有的老師說
「一個不能少」
全中國的孩子，不論貧富或中心邊陲
都必須有平等受教的機會

人間福報 3公里要走2小時 2014.5.6.

好學病童 老師挑他上課去

【本報綜合報導】在大陸重慶銅梁縣，小林鎮長壽村十四歲的葉兆亮，九歲時不幸患上幼年脊柱關節炎，為了治病一度休學，如今讀小學五年級。每當疼痛加劇、站不起身，或者天雨路滑時，一個籮筐就成了他的交通工具，而「挑夫」是學校所有的男教師。

據《重慶晚報》報導，葉兆亮六十一歲的外婆劉正英回憶，五年前的一天，葉兆亮半夜從夢中哭醒喊腳痛，後來確診為「幼年脊柱關節炎」，醫生說可能一輩子都沒法治癒，直到前年病情得到控制，葉兆亮向家人表示「想要繼續上學！」

「不想有人接送，自己走才能證明我也是個正常人。」葉兆亮說，學校的上課時間是八時四十分，他每天都在五時前起床，才來得及在上課前走到學校。從家到學校三公里，對正常人來說，半小時的路程，他要走上將近兩小時。「兩個腳跟痛起來就像錐子在扎，不過我習慣了，只要能上學，怎麼樣都行，只是走得慢一點，膝蓋不能彎曲。」葉兆亮望著學校的方向，笑了起來。

這學期葉兆亮病情反覆，幾次在路上摔倒，疼得滿地打滾。但他不顧家裡人阻攔，仍然堅持上學。

葉兆亮的班主任田勇得知後，拿起院壩上的籮筐，放進板凳讓他坐，與外婆劉正英一起抬葉兆亮到學校。

田老師說，「學校還特別排了個愛心值班表，全校男老師都參與進來了，我們就是抬，也要完成娃兒讀書的夢想。」

外婆（左）與老師一人一肩抬著葉兆亮去上學。 圖／取自網路

孩子是未來的主人翁
好的教育才能保證國家富強康樂

老師和外婆挑著生病的孩子上課去
這是一個典範的誕生
一種精神的形成
必如風、如雲　向各處飄流
給神州大地上許多的孩子
所有學校的老師
深刻的啟示
就是夜空中渺茫的星星也會有所領悟

我從一粒沙看世界
從一朵花看天空
從這個案例看見中國夢的現實
已然是很接近了

老中醫劉惠良日診百人

詩頌老中醫、黃埔老大哥劉惠良

人老了，不服老不行
每個零件都用了一百多年了
一百零六歲老中醫、黃埔老大哥
能不說老乎
但什麼原因讓老先生的各種零件如新好用
耳不聾，能聽到你的心跳，聞大地呼吸
眼不花，精準的望聞問切，知病者內情
臉色紅潤，如少年張三豐
步履輕健，只差不能草上飛
每日能看診百餘人
莫非是廣東惠州是地靈人傑之寶地

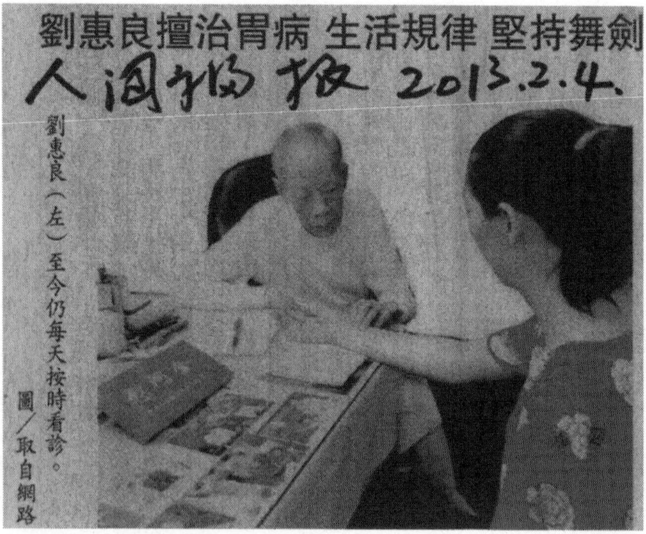
劉惠良擅治胃病 生活規律 堅持舞劍
人间福报 2013.2.4.
劉惠良（左）至今仍每天按時看診。
圖／取自網路

孫中山先生就是廣東人啊
黃埔八期的劉惠良參加過聖戰否？
老先生不愛打仗，只愛行醫

對啦！就是愛
有了愛，可以產生驚天地泣鬼神的力量
叫地藏菩薩也感動，怎捨得叫你去報到
好好在人間救人，惠州地區病者需要你
這是你的天命、天賦
當然也是你一生最大的夢想

還有，老大哥您是黃埔八期
我是黃埔（鳳山）四十四期，小老弟啦！
我們相差三十六個年度，但黃埔師生的天命
以及天職就是一貫的，建設富強統一的中國
我們共同期待中國夢的實現

106歲老中醫 日診百人

劉惠良擅治胃病 生活規律 堅持舞劍、靜坐各一小時 茹素從不挑食

人間福報 2013.2.4.

【本報綜合報導】每天上午八時三十分和下午二時三十分，大陸廣東惠州市惠城區橋東茶園墩十一號的「劉小雲診所」裡，一百零六歲的老中醫劉惠良都會準時接診，他不只身體硬朗，一天還能替百餘人看病。

劉惠良一九〇八年出生在河源一個中醫世家，從小體弱多病，六歲就被父母送到惠州元妙古觀當道士，至今還擔任惠州元妙古觀的道長。他已經快要一百零七歲了，但耳不聾、眼不花，還滿臉紅潤、步履輕健。他說，身體健康的關鍵是要有好心情。

劉惠良還是黃埔軍校第八期的學員，後來在部隊擔任軍醫。他說，他不會打仗，只會救人，中國成立後他一直行醫至今；即使在文革期間曾蹲了兩次牢，他都樂觀

劉惠良（左）至今仍每天按時看診。圖／取自網路

百歲嬤模特兒

詩頌百歲嬤模特兒

真理，是給人批判的
理論，是給人懷疑的
假設，是給人求證的
定律，是給人打破、修訂或推翻
從地球是平的，是宇宙中心
到地球是圓的，太陽繞著地球轉
到牛頓三大定律、愛因斯坦宇宙公式
是一群不默守成規，有創造發明發現力的人
不斷的懷疑、批判、檢驗、求證
人類社會因而日日新，又日新
讓人活得越來越快樂，越來越可愛

百歲嬤愛拍照 超萌
1小時連拍200張 心態很年輕 可愛模樣受網友追捧

阿嬤時尚萌照，迷倒一堆網友。圖／取自網路

這位阿嬤，你是屬於這種有創新力的人
誰說一百歲的女人
就一定要穿灰黑色的「阿嬤裝」
我想，妳這百年來
必是年年都是五彩繽紛的
妳一定有過很多的傳奇故事
人生當如是
所有的老人都要向妳學習
妳以身說法，給眾生上了寶貴的一課
人生要日日新，老人更應如是
老友、老人們，起來！不是革命
起來，打敗時間，把「老」推翻了
快樂和健康就抓著你不放

我現在也有很多老朋友
我要向他們介紹，廣傳百歲嬤模特兒風彩
讓快樂在老人世界裡散發

1小時連拍200張 心態很年輕 可愛模樣受網友追捧
2012.6.26. 人間福報
阿嬤時尚萌照，迷倒一堆網友。圖／取自網路

回收寶特瓶供子留學

詩頌這對偉大的父母

忘了記下他們的尊姓大名
但看這場景，也必然會感動所有的地球人
希望這兩個留洋的孩子
學成要懂得回饋父母
回饋自己的國家民族和社會
不要留洋後就成了「洋人」老外
若如是
人神都不能原諒啊！
九〇〇萬個寶特瓶
這是多大的量，可繞地球好幾圈

江西夫妻到湖南打拚 小小垃圾回收站 10年培養2個人才
900萬個寶特瓶的背後……

39 回收寶特瓶供子留學

人類歷史空前壯舉
可你們彎腰九〇〇萬次
每一次都是拾起一分希望
並對每個空瓶表示感恩
我相信，你們不會期待孩子的回饋感恩
你們只是堅定的想要完成身為父母的天職
所以坦然面對每一支空瓶
坦然面對所有異樣的眼神

我所理解，我們中國人就是這樣心態
無條件犧牲自己，無條件成就兒女
成了西洋人諷刺的笑料
但，這就是中國人，中國文化
是我們中華民族的優良傳統
若有人見到圖照中二老
記得，給二老行個最敬禮
他們是所有中國父母的好榜樣

賣寶特瓶 供子留學
人間福報 2014.3.12.
江西夫妻到湖南打拚 小小垃圾回收站 10年培養2個人才
900萬個寶特瓶的背後……

保全甘相偉自學考上北大

詩頌北大保全甘相偉上北大

古今無數人看著蘋果從樹上掉下來
有打中腦袋，或沒有
為什麼只有一個姓牛名頓的先生
聯想到地心引力？？
難到這隻牛是特別的牛嗎？

北京大學有史以來有多少位保全人員
為什麼只有一位甘相偉想到：
他們走進了北大學術的殿堂
而我卻在站崗

保全奮發　站著上北大

甘相偉邊站崗邊讀書　考上北大中文　出版自學經歷　校長感動寫序

2012.6.6.　人間福報

【本報綜合報導】大陸北京大學校內一名保全，透過刻苦自學考上北大中文系，最近他將自己五年來在北大當保全的經歷，出版《站著上北大》一書，打動北大校長親自為他寫序。

據《新京報》報導，甘相偉（見圖／取自網路）一九八二年生於湖北農村，專科畢業的他，爲了謀生，二〇〇七年到北大擔任保全。「剛到站崗的時候，每天都要面對成千上萬的人，不管是騎自行車的還是開寶馬（BMW）的，我一律向他們敬禮。」甘相偉說：「他們走進了北大學術的殿堂，而我卻在站崗。」

於是，甘相偉開始利用休息時間聽講座、讀書，之後，他考上北大中文系，「當我脫下保全服，坐在中文系的課堂，北大歷史風雲人物如蔡元培、陳獨秀、李大釗、胡適等多會浮現在我腦海裡，他們的思想光輝和人格魅力曾經影響了幾代人。」

近五年來，愛好寫作的甘相偉經常將心得記錄下來，去年十二月，他將自己寫的十二萬字裝訂成冊，因爲沒能出版成書，於是主動寄電子郵件給北大校長周其鳳，並附上自己在北大的「經歷」，希望校長能替他寫序。

今年年初，有出版社要替甘相偉出書。「他是一個普通保全，卻很愛學習，是他的經歷打動了我們，於是決定出版。」書的總策劃說。有人問甘相偉爲什麼取名《站著上北大》？他說：「作爲保全，巡邏值守期間一般都是站著的，另外，北大的校風學風給我深刻影響，我考上北大中文系，成爲北大學子，從保全到學子，我是從『站著』開始的。」

周其鳳在序言中稱，最聰明的學生就是能夠最大限度利用北大資源提高自己的學生。北大的資源用之不竭，學生用得愈多，北大就愈好、愈富有、愈高興。甘相偉在這方面的[illegible]到了極致，這是值得北大學生學習和效法的。

目前，甘相偉已辭去保全一職，準備投稿歷，希望能成爲大學輔導老師或中學語文老師。他說，將堅持寫作，「相信我的路會越走越遠。」

甘相偉，一九八二年生於湖南農村
專科畢業後，到北大當保全
每日在大門站崗
看師生學子如風雲、如潮水
進進出出，風雲潮水是古代禪師的棒喝
一棒棒打在他腦門上
又如一顆蘋果夯在他腦袋頂
有個聲音在他胸中迴盪：
「他們走進了北大學術的殿堂
而我卻在站崗」

甘相偉奮發圖強，下班苦讀數年
考上北大中文系，坐在課堂上
北大歷史風雲人物
蔡元培、陳獨秀、李大釗、胡適……
都與甘相偉同在、神交
甘相偉，我不說你會超越那些思想家
但我相信，你一定有一片自在的美麗天空

甘相偉邊站崗邊讀書 考上北大中文 出版自學經歷 校長感動寫序

2012.6.6. 人間福報

【本報綜合報導】大陸北京大學校內一名保全，透過刻苦自學考上北大中文系，最近他將自己五年來在北大當保全的經歷，出版《站著上北大》一書，打動北大校長幫他寫序。

《新京報》報導，甘相偉（見圖／取自網路）一九八二年生於湖北農村，專科畢業的他，為了謀生，二〇〇七年到北大擔任保全。「執勤站崗的時候，每天都要面對成千上萬的人，不管是騎自行車的還是開寶馬（BMW）的，我一律向他們敬禮。」甘相偉說：「他們走進了北大學術的殿堂，而我卻在站崗。」

於是，甘相偉開始利用休息時間聽講座、讀書，之後，他考上北大中文系，「當我脫下保全服，坐在中文系的課堂，北大歷史風雲人物如蔡元培、陳獨秀、李大釗、胡適等多會浮現在我腦海裡，他們的思想光輝和人格魅力曾經影響了幾代人。」

近五年來，愛好寫作的甘相偉經常將心得記錄下來。去年十二月，他將自己寫的十二萬字裝訂成冊，因期望能出版成書，於是主動寄電子郵件給北大校長周其鳳，並附上自己在北大的「經歷」，希望校長能替他寫序。

今年年初，有出版社要替甘相偉出書。「他是一個普通保全，卻很愛學習，是他的經歷打動了我們，於是決定出版。」書的總策畫劉志則說。有人問甘相偉新書為什麼取名《站著上北大》？他說：「作為保全，巡邏等值守期間一般都是站著的；另外，北大的校風學風給我深刻影響，我考上北大中文系，成為北大學子。從保全到學子，我是從『站著』開始的。」

周其鳳在序言中稱，最聰明的學生應該是能夠最大限度利用北大資源提高自己的學生。北大的資源用之不竭，學生用得愈多，北大就愈好、愈富有、愈高興。甘相偉在這方面的智慧簡直發揮到了極致。這是值得北大學生學習和效法的。

目前，甘相偉已經辭去保全一職，準備投簡歷，希望能成為大學輔導老師或中學語文老師。他說，將堅持寫作，「相信我的路會愈走愈遠。」

這是中國夢的一個小角落
十四億中國人的夢之一
把所有小小的夢加起來就是中國夢
所以你我就努力織夢吧
只要每個中國人都勇於織夢
中國夢的實現才會成為可能
你的名字將與北大同在
北大因你而更富有
你更是所有保全世界的典範

單腿籃球帝瞿詩濤

詩頌單腿勵志籃球帝瞿詩濤

瞿詩濤，你用一條腿
登上「中國大學生自強之星」
用一條腿摘星，史上聞所未聞
這是你創造的神跡傳奇

看你在籃球場的形像
似已化成一只大纛
只見滿場飄揚
所有觀眾都被鼓舞
就是不能行動的人，心也飛揚
你給很多人有了希望

勵志籃球帝　單腿上籃

瞿詩濤3歲意外失去一條腿　開朗樂觀　學業優秀獲獎無數　球技更驚人

【本報綜合報導】在大陸江西念研究所的瞿詩濤（見圖／取自網路）三歲時因爲意外斷了一條腿，但他經過苦練後，不但能拄著拐杖下場打籃球，還可以三步上籃，球技比起很多同學都強；也因爲他的殘而不廢，被網友封爲「勵志籃球帝」。

瞿詩濤在湖北荊州出生，目前是東華理工大學研究所二年級學生。他三歲時因爲貪玩，在建築工地上被升降機械奪去右腿，失去右腿還不到一年，他的父親又因故離世，家庭的重擔一下子落在母親身上，原本就貧苦的瞿家變得更加難以支撐。

但生活的不幸並未讓他屈服：二〇〇六年，瞿詩濤考入江西贛江職業技術學院，二〇〇九年，瞿詩濤成爲東華理工大學機械與電子學院自動化專業的一名大三學生，現在繼續留在學校攻讀碩士學位。由於表現優秀，他曾獲得國家獎學金、國家勵志獎學金，並榮獲二〇〇九年「中國大學生自強之星」稱號。

說起當初打籃球的經歷，瞿詩濤說，剛開始對籃球感興趣是初中時，「那時看學校的人打籃球，看著球被投進去，覺得很不可思議。」上了高中，他開始學習打籃球，剛開始和班上的同學打球，後來漸漸地和學校其他同學一起打球，也爲此受了不少傷。冬天，因爲打籃球不讓指甲劃傷到球友，他特意將指甲剪得很短，但是後來手指卻因指甲裂開出血，不久手指的傷恢復，他又繼續打球了。

[illegible]三年前瞿詩濤安裝義肢，但打球時仍習慣拄著拐杖。在常人眼裡來，一條腿打籃球幾乎是不可能的事，但瞿詩濤做到了。瞿詩濤打籃球的影片在網路走紅後，感動不少網友，有人讚賞他「了不起，真正的強者」，也有人稱他爲「單腿籃球飛人」。

你失去一條腿後
怎麼就變成一只鷹
在球場上高來飛去
這是怎麼辦到的？？

你以身說法
水往低處流，人往高處爬
一定要爬，爬到最高
最高的地方不是山峰
而是飛在山頂上的雄鷹

失去一條腿的人
只要把自己化成一只鷹
就可以飛得比兩條腿人更高
這是你給眾生最勵志的一課

勵志籃球帝 單腿上籃

瞿詩濤3歲意外失去一條腿 開朗樂觀 學業優秀獲獎無數 球技更驚人

【本報綜合報導】在大陸江西念研究所的瞿詩濤（見圖／取自網路）三歲時因爲意外斷了一條腿，但他經過苦練後，不但能撐著拐杖下場打籃球，還可以三步上籃，球技比起很多同學都強；也因爲他的殘而不廢，被網友封爲「勵志籃球帝」。

瞿詩濤在湖北荊州出生，目前是東華理工大學研究所二年級學生。他三歲時因爲貪玩，在建築工地上被升降機械奪去右腿，失去右腿還不到一年，他的父親又因故離世，家庭的重擔一下子落在母親身上，原本就貧苦的瞿家變得更加難以支撐。

但生活的不幸並未讓他屈服：二〇〇六年，瞿詩濤考入江西贛江職業技術學院，二〇〇九年，瞿詩濤成爲東華理工大學機械與電子學院自動化專業的一名大三學生，現在繼續留在學校攻讀碩士學位。由於表現優秀，他曾獲得國家獎學金、國家勵志獎學金，並榮獲二〇〇九年「中國大學生自強之星」稱號。

談起當初打籃球的經歷，瞿詩濤說，剛開始對籃球感興趣是初中時，「那時看學校的人打籃球，看著球被投進去，覺得很不可思議。」上了高中，他開始學習打籃球，剛開始和班上的同學打球，後來漸漸地和學校其他同學一起打球，也爲此受了不少傷。冬天，因爲打籃球不讓指甲劃傷到球友，他特意將指甲剪得很短，但是後來手指卻因指甲裂開出血。不久手指的傷恢復，他又繼續打球了。

兩三年前瞿詩濤安裝義肢，但打球時仍習慣拄著拐杖。在常人眼裡來，一條腿打籃球幾乎是不可能的事，但瞿詩濤做到了。瞿詩濤打籃球的影片在網路走紅後，感動不少網友，有人讚賞他「了不起，真正的強者」，也有人稱他爲「單腿籃球飛人」。

扮牛乞討爲救父養家

詩頌扮牛乞討的少女郝冬冬

看到這則新聞
內心五味雜陳，翻江倒海
好想飛到神州的合肥
給小女孩一點安慰
雖說世界各國都有數不盡的問題
有無量的黑暗
讓人失去原有的良知良能和善心
弱肉强食，形如禽獸
最可憐是生活在最底層的赤貧者
但我身為一個生長在台灣的中國人
以炎黃子孫自居

籌父醫藥費　少女扮牛乞討

【本報綜合外電報導】十五歲的女孩郝冬冬在大陸合肥的街道乞討已經三個多月，被醉漢當成騙子打，也有人不懷好意拉她去當陪酒小姐，最近她戴上「牛頭面具」引起圍觀與討論。冬冬表示，只要能給父親治病、弟弟妹妹上學，什麼方法都願意試一試。

據中安在線報導，冬冬的爸爸郝新利是河南周口人，媽媽是石家莊人，十五年前到合肥謀生，並生下三個孩子，去年九月夫妻倆在火車站擺攤，和別人發生爭執被推倒，後來被確診爲脊椎骨折、不幸癱瘓。

事後郝新利一家苦苦追尋目擊證人未果，只能自付高額的醫療費用，欠下人民幣數十萬的債務，冬冬作爲家裡的大姐，選擇退學，和母親一起照顧父親和一家老小。

但三個多月前，母親一去不返，還沒成年的她成爲家中的梁柱，弟弟妹妹要上學，她連身分證都沒有，只能去乞討。

冬冬在街頭飽受質疑和屈辱，但她並不後悔，最近還改變了乞討方式，戴著一只牛頭面具，在求助板上寫著「我甘願扮牛讓人騎，一次五元」。

冬冬表示，「我知道馬頭爸爸的事情，帶牛頭也是爲了讓更多人關注，這個面具是一位阿姨給我的，並說這樣才能募捐到更多救命錢，只要能給爸爸治病，養活一家人，我不怕人家說。」

當然最關心自己的同胞

郝冬冬，一個十五歲少女
因家貧，父癱瘓，母出走，下有兩個弟弟妹妹
身為長姊的她，未成年，選擇以
扮牛乞討的方式救父養家
她在求助板上寫著：
我爸爸看病急需要錢
我甘願扮牛讓人騎
一次五元錢

郝冬冬在合肥乞討已經三個多月
身旁人來人往
到底有多少人能丟下一點慈悲
補償小女孩丟下的尊嚴
想必這落差是很大的
我更關心的是合肥的慈善機關
社會救濟單位
是否已經張開愛的翅膀

籌父醫藥費 少女扮牛乞討

十五歲少女郝冬冬（左，戴著牛頭面具），在母親離開後只能靠乞討撐起一家經濟，還必須負擔弟妹上學費用。圖／取自網路

推母親旅行三千五百公里

詩頌好小子樊蒙孝行壯遊

罹患小兒痲痺的母親寇敏君
真是好福氣
有個孝順的兒子樊蒙
推著輪椅，載著媽媽，徒步從北京出發
途經河北、河南、湖北、湖南、貴州、雲南
走進西雙版納傣族自治州首府景洪市
一百天走了三千五百公里
沿途蟬鳴鳥歌都是感動的頌詩
孝行壯遊更是啟蒙很多中華兒女

二十六歲的樊蒙好可愛

推母親旅行 100天走3500公里

二十六歲的北京小子樊蒙，推著五十三歲罹患小兒痲痺的母親寇敏君，徒步走進雲南省西雙版納傣族自治州首府景洪市，完成母親夢想。樊蒙和母親七月十一日自北京出發，途經河北、河南、湖北、湖南、貴州、雲南等省市，耗時一百天走了三千五百公里，樊蒙的孝心感動了許多人，一路上，有人提供飲食，也有義工推著輪椅幫他推媽媽走一程，讓他們感受到溫暖人間。　圖／新華社

你的孝行，純真是一首童謠
沿途的辛苦，流的汗水
都化成了清風明月
你推媽媽的輪椅，過著簡單的生活
輕描淡寫三千多公里
人神讚嘆啊

沿途有壯麗山河伴你
千山母子二人行
見識吾國現代化國際大都會
也感受許多古老小鎮美如夢境
每個黎明都是開懷
每個黃昏都是歡笑
寇敏君媽媽，這輩子值得啊
樊蒙，你這麼年輕就有如是壯舉
這是你人生重大的起步

想必，更大的人生大業

推母親旅行 100天走3500公里

二十六歲的北京小子樊蒙，推著五十三歲罹患小兒麻痺的母親寇敏君，徒步走進雲南省西雙版納傣族自治州首府景洪市，完成母親夢想。樊蒙和母親七月十一日自北京出發，途經河北、河南、湖北、湖南、貴州、雲南等省市，算一算走了三千五百公里，樊蒙的孝心感動了許多人，一路上，有人提供物資，也有義工搶著輪流幫他推媽媽走一程，讓樊蒙感受到溫暖人間。

圖／新華社

你已經準備要開始了
我們這一代中國人的春秋大業是什麼？
不外就是追求國家之統一，復興我們民族
實現中國夢
這才是二十一世紀中國人的大事業

推母親旅行 100天走3500公里

二十六歲的北京小子樊蒙，推著五十三歲罹患小兒麻痺的母親寇敏君，徒步走進雲南省西雙版納傣族自治州首府景洪市，完成母親夢想。樊蒙和母親七月十一日自北京出發，途經河北、河南、湖北、湖南、貴州、雲南等省市，算一算走了三千五百公里，樊蒙的孝心感動了許多人，一路上，有人提供物資，也有義工搶著輪流幫他推媽媽走一程，讓樊蒙感受到溫暖人間。

圖／新華社

世界再黑，依然有光明的地方

詩頌四川成都「桃姐」

高玉清、劉健鳴，妳們並非母女
卻是人世間最溫暖感人的母女關係
這是人界稀有的傳奇
給我的啟示
世界再黑，依然有光明的地方
社會再冷，還是有溫暖的角落
妳們的關係像陽光
自自然然
照耀在每日食衣住行的生活
她安靜享受晚年

四川「桃姐」雇主兒照顧10年

高玉清當保母58年 典當傳家寶助劉家過難關 中風癱瘓 換劉家照顧她

照顧高玉清（前）已是劉健鳴（後）每天最重要的工作。 圖／取自網路

【本報綜合報導】電影〈桃姐〉講述一名保母為一個家族工作六十年，伺候老少五代，晚年中風後，被她帶過的少爺不離不棄、細心照顧的動人故事。大陸四川成都就有一位九十三歲「桃姐」高玉清，她三十五歲時到劉家當保母，伺候三代養大五名孩子。五十八年後，她因腦溢血半身癱瘓，換這家人的子女照顧她，三女兒劉健鳴還將她接回家住，並說：「她就是我媽媽。」

高玉清三十五歲時，鄰居許母要第一次懷孕，請她到家中幫忙，「我想請妳來這裡，不是當保母，我們就像家人。」高玉清於是踏入劉家，被劉家五名子女稱為高孃。高玉清很早就守寡，兩名孩子也夭折，面臨至親相繼去世，她決心不再組織新家庭，到鄰居家照顧小孩，反而讓她找到生活重心。

許家五名孩子出生，每當父母出差，高玉清就是照顧他們生活起居、監督學業的「代媽媽」。多年來，這家人拍攝全家福，總少不了高玉清的身影。文革時，劉家夫婦被迫停薪，多虧高玉清每天省吃儉用，以野菜、米麩度日，還把自己的傳家寶翡翠玉鐲當了，這家人才得以度過難關。

妳享受有媽媽的感覺
不說恩情那些身外事
只推著輪椅
傾聽小鳥在唱頌人生如詩

生活有如陽光那麼單純
外面的風風雨雨一日數變幻
只有單純的愛恒不變
以身說法
世間真的有這種稀有的情緣
演繹著生命散發的溫度
論證一事
世界再黑，依然有光明的地方
社會再冷，還是有溫暖的角落

期許大家，點燈照亮黑暗
散發溫暖，讓社會不要太冷

【本報綜合報導】電影〈桃姐〉講述一名保母為一個家族工作六十年，伺候老少五代，晚年中風後，被她帶過的少爺不離不棄、細心照顧的動人故事。大陸四川成都就有一位九十三歲「桃姐」高玉清，她三十五歲時到劉家當保母，伺候三代養大五名孩子。五十八年後，她因腦溢血半身癱瘓，換這家人的子女照顧她，三女兒劉健鳴還將她接回家住，並說：「她就是我媽媽。」

高玉清三十五歲時，鄰居許曼雲第一次懷孕，請她到家中幫忙，「我想請妳來這裡，不是當保母，我們就像家人。」高玉清於是踏入劉家，被劉家五名子女稱為高孃。高玉清很早就守寡，兩名孩子也夭折，面臨至親相繼去世，她決心不再組織新家庭，到鄰居家照顧小孩，反而讓她找到生活重心。

許家五名孩子出生，每當父母出差，高玉清就是照顧他們生活起居、監督學業的「代媽媽」。多年來，這家人拍攝全家福，總少不了高玉清的身影。文革時，劉家夫婦被迫停薪，多虧高玉清每天省吃儉用，以野菜、米糠度日，還把自己的傳家寶翡翠玉鐲當了，這家人才得以度過難關。

吳進興自費印警世語

詩頌吳進興自費印警世語

看到吳進興這老兄做的事
驚奇這世間竟有和我一樣的傻子
我和他一瞬間似產生
量子糾纏
內心掀起一股小小的思潮
反思我這幾十年來所幹的傻事
傻事要藏起來
我把自己隱身，隱居於山石之隙縫
或幻化無形飛翔白雲間
玩累了，回到都會之叢林深山
持續幹著天下第一傻事

人間福報

吳進興自費印製警世語的海報、書籍等贈人，希望讓世界更和諧。 圖／李蕙君

2012.7.2.

【本報台東訊】「少說抱怨的話，多說寬容的話，抱怨帶來嫉恨，寬容乃是智者。」台東市民吳進興十七年來每年自費印製近兩萬份警世語海報、書籍免費發送民眾，至今已三十四萬份、超過百萬元。

吳進興說，幼年貧困的艱苦歲月是他一生中的珍寶，教會他「求善」，他每晚爲社會祈福，每年做警世語也在求讓社會更和諧。

吳進興今年發出的警世語海報，昨天清晨已有一萬多份隨報送入市區家家戶戶的信箱，今年他以「說話的藝術」爲主題，勸人以和爲貴。問爲什麼

是故，人世間的媒體記者
永遠找不到我，我且讚頌吳進興

吳進興，和我同在一條船上
他幼年家貧，成長中吃不少苦頭
天生能發揮本有的善心
自印警語，發送各界
只願有人從中頓悟
變成社會上愛的種子
在社會上能產生一種正向能量

你是行走人間的修行者
普度眾生是你的夢
或願，眾生在無明大海中浮沉
誰能看到或聽到
你的講經說法

我感覺

要做這樣的事，他說，「只要有一個人看見而且變得更好，就夠了。」因一個人可以影響十個人、一百個人，進而影響整個社會。

　六十二歲的吳進興在台南出生，幼年家貧，三餐不濟，初中沒讀完，他就到台東市當單車店學徒，還要幫傭，負責煮飯、洗衣等。回想這段歲月，他說：「說不出來的苦，不知怎麼撐過的。」但或許是喜歡看偉人傳記、聖人故事，讓他有勇敢犯難的精神，習得一技之長後，白手起家開起單車店至今四十多年。

　吳進興仍習慣閱讀他所謂「厲害的人」的故事，不分信仰、政治立場，他探討神佛、耶穌的故事，也研究成功企業家、政治家值得學習的態度，從中「頓悟」許多道理。且他數十年來，每晚在神明廳前為家庭、他人及社會祈福。

　吳進興說，人從一到八十歲都需要用愛來「調平」內心的不快，各界給予鼓勵、關心，個人才能變成「愛的種子」，促進社會的快樂。這理念讓他每年願花近八萬元發放警世語，堅持不悔，只期待影響更多人，在社會形成正向力量。

你我同在這五濁惡世中茫茫行走
找尋自己心中的佛
並無眾生可度（註）

你印的警世良語
如暮鼓晨鐘般撞上許多人家的大門
有人拿或不拿
你都不為所動
因為，實無眾生可度
我們就在這人間道場持續修行
生生世世
直到有一天把自己度了

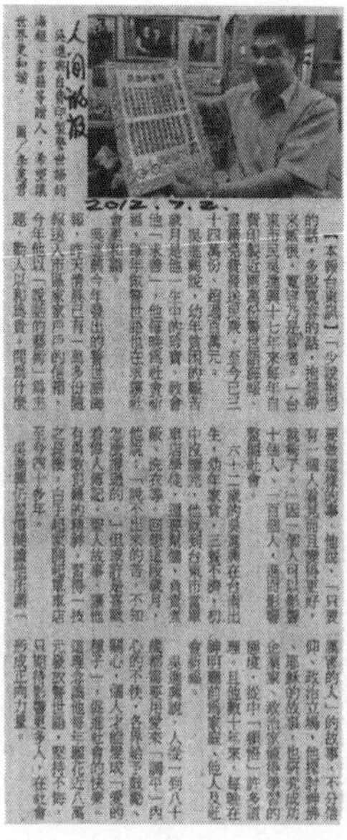

註：「無眾生可度」，引佛經《金剛經》思想，謂菩薩不應有眾生被「我」所度，有「我」即著相，實是眾生自悟自度，自覺自己有了佛性，自己就是佛，誰也不能度誰，只有自己能度自己。

陳冠明，北京奧運做點什麼

詩頌陳冠明，北京奧運做點什麼

陳冠明，江蘇省銅山縣的普通農民
當二〇〇一年北京申奧成功
他思索著應該做點什麼
他的家當就是一輛老爺級三輪車
二話不說，他蹬上他的三輪車
宣揚中國申奧成功，鼓勵中國人志氣
壯大中華兒女的驕傲
北到漠河、南到三亞，騎遍中國八成省份
在雲南遇到野象，象似也為申奧感到光榮
在西藏遇到野狼，狼為申奧鼓舞
大興安嶺與熊邂逅，聊起申奧結成好友

北京奧運狂人 三輪騎往里約

2001年起行遍23國14萬公里 希望2016年8月5日巴西奧運開幕前抵達

人間福報 2013.11.21.

老先生的三輪車竟如紅孩兒的風火輪
能翻大山、越高嶺
能行於江湖，飛過海洋
阿富汗、巴基斯坦、土耳其、美國、巴西
行遍二十三國蹬了十四萬公里
可繞地球五圈
你是現代中國最神奇的老人
有實踐力又勇敢的老人

能為自己的國家民族做點什麼？
老先生以無言開示
櫛風沐雨，以身說法
不是要等到有錢才能做點什麼！
不是事業有成才能做點什麼！
不是年輕力壯者才能做點什麼！
當下想到，做了就是
陳冠明，他思索著要為北京申奧成功
做點什麼？

北京奧運狂人 三輪騎往里約

2001年起行遍23國14萬公里 希望2016年8月5日巴西奧運開幕前抵達

【本報綜合報導】二〇〇一年北京申
奧成功的夜晚，「奧運狂人」陳冠明（
左圖／中新社）開始騎著三輪車「宣傳
奧運」。至今騎遍了中國八成的省份，
南到三亞，北至漠河，到過珠穆朗瑪峰
腳下。之後走出中國，騎行世界二十三
國、十四萬公里。目前的心願是橫穿加
拿大、美國後，奔向墨西哥。最終希望
在二〇一六年奧運會開幕前，抵達下屆
巴西奧運會的主辦地里約熱內盧。

北京申奧成功的那個夜晚，陳冠明回
到自己的家門口，劈里啪啦放了一串鞭
炮。「奧運會能在北京舉辦，這是所有
中華兒女的驕傲！」陳冠明說，這個江
蘇省銅山縣的普通農民思索著，要為北
京奧運做點什麼。

他完成了，做點什麼？
就是繞地球五圈的行程壯舉

他以古代禪師的棒喝
一棒棒夯在現代每個中華兒女的腦門上
質問你：這輩子你活著做了什麼？
　　你生命的意義何在？
　　你的人生價值何在？
　　你為中華民族做了什麼？

這一代的中華兒女要為興起的中國做點什麼
悠悠五千年的民族夢
是你的夢、我的夢、中國人的夢
海內外中國人團結起來
共築中國夢
為中國夢的實現到來做點什麼吧！

年北京申
陳冠明（
車「宣傳
的省份，
穆朗瑪峰
界二十三
是橫穿加
最終希望
抵達下屆
盧。
陳冠明回
了一串鞭
這是所有
，這個江
，要為北

報
2013. 11.21.

最終，他決定要走遍全中國宣傳奧運。陳冠明當時唯一的家當是一輛一九九八年花了七百六十元人民幣（約台幣三千八百元）買來的三輪車。

陳冠明腳踏三輪車，在雲南遇到野象，在西藏遇到過狼，在大興安嶺與熊邂逅。其間翻山越嶺，櫛風沐雨，勇往直前。他也因此成為「騎三輪車走完全中國第一人」。此後一發不可收，他走出中國，騎行世界。

陳冠明今年二月十一日進入土耳其，三月十四日到了安卡拉，找到了大使館，這一路上，陳冠明恰好遇到了土耳其幾十年不遇的極寒天氣，室外溫度最低達到零下三十九度。「一路上大雪隨行，很多次險此連車帶人摔下懸崖。」

「車子就是我的家，車架就是我的床，而大雪和我的床板一樣平，我鬍子上的冰淩就像鈴鐺一樣。」在大雪中露宿陳冠明熬過的艱辛，外人難以理解。

很多人關心許多細節問題，比如陳冠明這一路走來，怎麼吃飯、怎麼睡覺、盤纏不夠怎麼辦、有沒有買保險、會不會迷路等等。

「一路上要是遇到中國餐館，就能吃一頓飽飯，甚至三、四碗米飯。要是沒有中國餐館就吃點麵包。」至於盤纏的問題，陳冠明說，「我還可以用自己勤勞的雙手、健康的身體，去打點工」。他會修單車，也做過人力車夫。

真正特別的是穿行在阿富汗和巴基斯坦邊境的時候。二〇一一年十二月，陳冠明騎行到阿巴交界地帶，遇到了恐怖分子。但恐怖分子非但沒有為難他，反而送他兩瓶礦泉水。

輯二 籃球女孩錢紅艷

找一座外星之景
無污染
好做夢

談戀愛
利於永恒
因為時間在地球上
找不到你人
你便永生

這種光影
非常的鄉愁
風吹動窗櫺
親吻淨水
都在和時間拔河
鄉愁沉溺在夜裡
是幸福的感傷

籃球女孩錢紅艷

詩頌勇於織夢的籃球女孩錢紅艷

錢紅艷，妳姓錢
妳天生命中就有錢，又紅又艷
應該是有花不完的錢
為什麼連裝義肢的錢也沒有
用個破籃球套住下身
以胳膊的力量在地上爬行
得個「籃球女孩」之名

錢紅艷的樂觀、堅強精神
感動很多人，感動中國的專家伸出援手
十一歲被選入雲南青少年游泳俱樂部

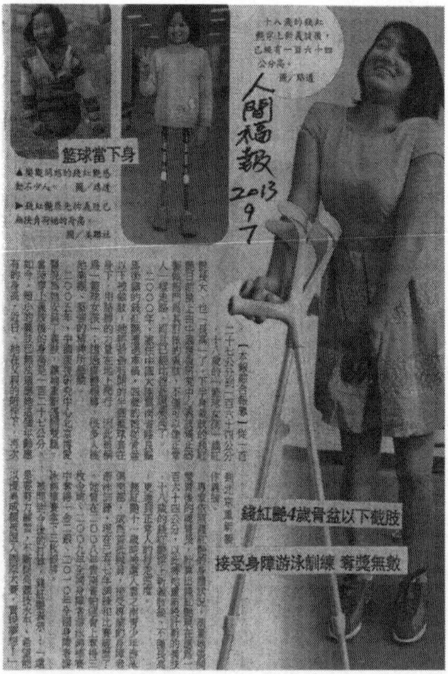
籃球當下身
人間福報 2013 9 7
錢紅艷4歲骨盆以下截肢
接受身障游泳訓練 奪獎無數

二〇〇八年雲南省帕運會勇奪三金
二〇〇九年全國身障者游泳賽一金二銀
二〇一〇年全國身障者游泳賽三銀
妳鼓舞很多身障者勇敢追夢

人生有夢最美，有夢就有動力
只要妳勇於追夢
夢，會自然來親近妳
找到妳，為妳點燃激情
夢燃燒著，啟動妳本能中俱有的引擎
產生一股強大的力量
改變妳的世界
影響更多的人

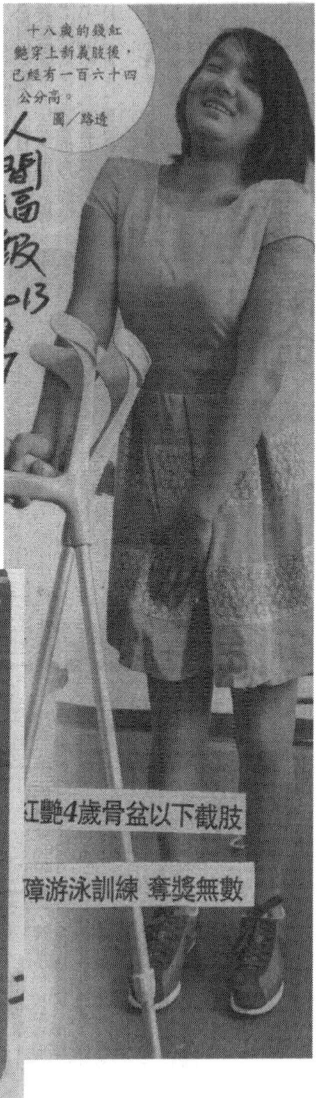
十八歲的錢紅艷穿上新義肢後，已經有一百六十四公分高。　圖／路透
紅艷4歲骨盆以下截肢
障游泳訓練 奪獎無數

籃球當下身
▲樂觀開朗的錢紅艷感動不少人。　圖／路透
►錢紅艷原先的義肢已無法負荷她的身高。
圖／美聯社

有情眾生們，看看錢紅艷，趕快起來織夢吧

不織夢，你們會迷路
五彩世界看起來也都黑白的
不織夢，就沒有夢，何來歡笑
就是條條大道在眼前，也看不到成功路
把舊夢喚醒吧！點火升溫
很快美夢就會找上門

人生有夢，就有希望
只要織夢，力量自然壯大
再大的困難也能克服
有夢，讓你可以飛翔在藍天白雲間
有夢，你才能啟航行
航行於你所想去的地方
人生有夢，生命才更芳香

人類是所有動物中，唯一會作夢的物種
你不織夢，太可惜了
織夢吧！織出你的理想國

【本報綜合報導】從一百二十七公分到一百六十四公分，十八歲的「籃球女孩」錢紅艷長大、也「長高」了。下半身截肢的錢紅艷日前換上由中國康復研究中心義肢矯正器製做部門爲其訂做的義肢，不僅可以像正常人一樣走路，而且已經比爸爸還要高了。

二〇〇〇年，家住中國大陸雲南省陸良縣馬街鎮的錢紅艷遭遇車禍，四歲的她從骨盆以下被截肢，她將爺爺剪開的半個籃球套在身下，用胳膊的力量在地上爬行，因此被稱爲「籃球女孩」；透過媒體報導，很多人被她樂觀、堅強的精神所感動。

二〇〇五年，中國康復研究中心北京博愛醫院爲她安裝了義肢，讓她重新邁開雙腿。當時穿上義肢後的身高是一百二十七公分。如今，短小的義肢已無法適應她這個年齡應有的身高，近日，她在父親的陪伴下，再次到北京重新製作義肢。

專家依照錢紅艷的身體狀況，測量她張開雙臂後的總臂長，計算出錢紅艷現在應爲一百六十四公分，以此替她重新設計新的義肢，十八歲的錢紅艷穿上新義肢後，不僅長高，更達到正常人的行走速度。

錢紅艷十一歲時被選入雲之南青少年游泳俱樂部，成爲首批隊員，接受專業的身障者游泳訓練，現在已有七年訓練和比賽經歷了。她曾在二〇〇八年雲南省帕運會上奪得三枚金牌、二〇〇九年全國身障者游泳錦標賽中奪得一金二銀、二〇一〇年全國身障者游泳錦標賽拿下三枚銀牌。

被問到今後的打算，錢紅艷表示：「還是要努力練習，不斷提高競技水平，希望能以優異成績被選入國際大賽，實現夢想！」

無臂女老師加努恩，用腳教學

詩頌無臂女老師加努恩

看這景象很震撼
她伸高一只腳
有如孫悟空那隻金箍棒——定海神針
無論多亂的眼神
或多野的心
她把腳——定海神針，伸出來
全部都會被她收納
收服、平定
這是天生無臂女老師加努恩的腳
她用腳教學，用腳鼓舞學生
天生無双臂女子瑪麗加努恩

人間福報 一〇二.九.二十九

天生無臂女教師用腳鼓舞學生

【本報綜合外電報導】美國女子瑪麗加努恩（見上圖／取自網路）天生沒有雙臂，遭親生父母遺棄。她靠自身的努力成為俄亥俄州一所中學的教師，用親身經歷和頑強的精神鼓舞學生。

加努恩在墨西哥州一家孤兒院長大，七歲時被俄亥俄州一戶家庭領養。二〇一一年，她成為俄亥俄州萊克伍德一所中學的數學和科學老師。由於天生無手臂，加努恩需要站立著抬起腿，用腳趾夾著筆在電子螢幕上操作，給同學們講課。

不僅如此，她還可以用腳做很多事，例如撥作業本、開車、敲鍵盤等。

加努恩說，她不願被稱做一「殘疾人」，因為這帶有歧視意味。但如果人們能夠透過她不健全的身軀，得到一些啟發，便也無關緊要。加努恩不斷向學生證明，人們可以做到想做的一切。她希望學生能夠學習得無堅不摧的意志力，和堅定不移的決心。

她的學生表示，他們確實從這位老師克服人生困難的經歷中，獲得了寶貴的精神財富。

遭親生父母遺棄
在墨西哥州孤兒院長大
七歲時被俄亥俄州一戶人家領養
二〇一一年，她成為中學的數學和科學老師
她期許人們能夠透過她不健全的身軀
得到啟發，人可以做到想做的一切
人的意志力可以無堅不摧
許多學生從她身上
獲得了寶貴的精神財富

妳的靈魂有個純鋼的元素
故能無堅不摧
未來也必摧破時空
穿透代代層層的歷史
成為後世人們詩頌的傳奇和學習的典範

妳雖天生無双臂
卻出於泥而不染

意志堅定而形像充滿著真善美
妳的腳
脫穎而出，像一朵飄逸的蓮花
在艱困而絢麗的世界揮灑
那是能講經說法的腳
引起無數目光競相追逐
追隨、學習妳無堅不摧的精神
追逐一個絕代完美的圖像，以使人自我實現

中國大詩人李白說
天生我才必有用
妳把自己用得出神入化，進入化境
妳以身說法
警示世人，「我」就是要拿來用的
「我」無論怎樣，都是有用的
越用越亮，越用越有價值
——凡是不用的東西，都是廢物

【本報綜合外電報導】美國女子瑪麗加努恩（見上圖／取自網路）天生沒有雙臂，遭親生父母遺棄。她靠自身的努力成爲俄亥俄州一所中學的教師，用親身經歷和頑強的精神鼓舞學生。

加努恩在墨西哥州一家孤兒院長大，七歲時被俄亥俄州一戶家庭領養。二〇一一年，她成爲俄亥俄州萊克伍德一所中學的數學和科學老師。由於天生無手臂，加努恩需要站立著抬起腿，用腳趾夾著筆在電子螢幕上操作，給同學們講課。不僅如此，她還可以用腳做很多事，例如發作業本、開車、敲鍵盤等。

加努恩說，她不願被稱做「殘疾人」，因爲這帶有歧視意味。但如果人們能夠透過她不健全的身軀，得到一些啓發，便也無關緊要。加努恩不斷向學生證明，人們可以做到想做的一切。她希望學生能夠學習得無堅不摧的意志力，和堅定不移的決心。

她的學生表示，他們確實從這位老師克服人生困難的經歷中，獲得了寶貴的精神財富。

無臂英雄史塔茲曼的箭

詩頌無臂英雄史塔茲曼

看這架勢只應天上有
故謂之神力
史塔茲曼天生沒有双臂
在帕拉林匹克運動會上
射出一道道閃著神光之神箭
神箭是什麼箭？

神箭是利劍，箭劍兩用之多功能神兵器
你磨劍多少年了
如今一箭
就射死了失敗、不行、也許和可能
一箭射死風和氣候的敵意

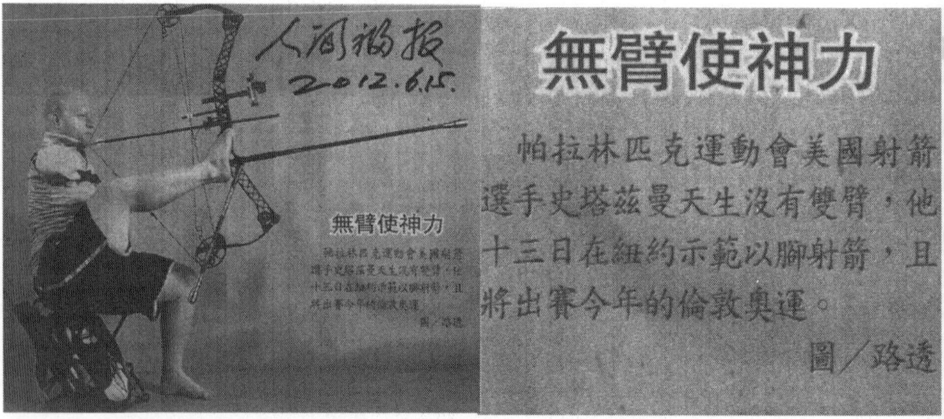

無臂使神力

帕拉林匹克運動會美國射箭選手史塔茲曼天生沒有雙臂，他十三日在紐約示範以腳射箭，且將出賽今年的倫敦奧運。

圖／路透

一箭射垮了所有競爭者
令他們都臣服、投降

神箭，是一支穿雲箭
你氣定神閒一箭箭射出
大家都戰戰兢兢
很快都哭得如鬼叫
眾人傳言，天上九個太陽就是
史塔茲曼射掉的
如今他出山
大家都別混了

史塔茲曼的箭
也是愛神的箭
射下他所愛的金、銀、銅牌
當然，也射下一堆銀子
射中很多愛他的粉絲
這一箭
正是你的鴻鵠之志

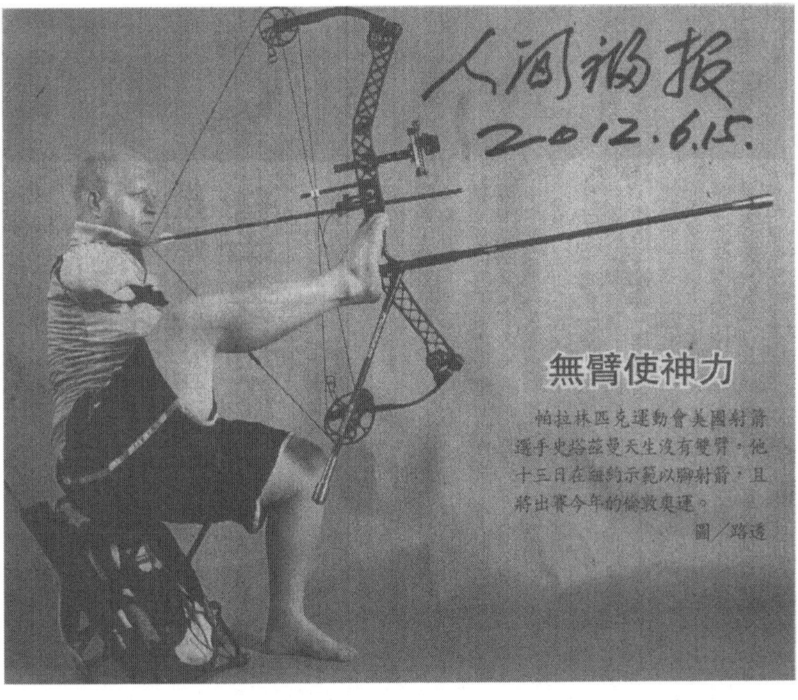
人間福報
2012.6.15.
無臂使神力
帕拉林匹克運動會美國射箭選手史塔茲曼天生沒有雙臂，他十三日在紐約示範以腳射箭，且將出賽今年的倫敦奧運。
圖／路透

小店老闆劉大軍的菩薩心腸

詩頌小店老闆劉大軍的菩薩心腸

吉林省長春市新疆街
劉大軍開了一家餛飩小店，只有四張小桌
一位行乞老人常來光顧
錯把「遊戲幣」當錢幣來買餛飩
　老闆始終不拆穿
照常給老人家餛飩吃
被人發現後，引發眾人在網路上探討
一時，慈善、道德和尊嚴話題
在許多人心裡鮮活了起來
產生強大的撞擊力

遊戲幣買餛飩 店家不拆穿

感動大陸數以萬計網友 默默收下 顧及行乞老人尊嚴

人間福報 一〇二．十二．五．

【本報綜合報導】大陸吉林省長春市新疆街市場一家非常不起眼的餛飩小店，一位行乞老人經常光顧這裡，並錯把「遊戲幣」當硬幣來買餛飩，這家老闆卻一直不拆穿，照樣給老人餛飩吃。

這件被老闆一再聲稱「不值一提」的事情，卻在短短幾天時間內感動數以萬計的大陸網友，並再次引發網友對於慈善、道德和尊嚴等話題大辯探討。

日前一名長春市民在網上稱，他在一家餛飩店吃飯時，發現一名年逾花甲的老人，拿著一把摻雜有遊戲幣的零錢買包子和餛飩，老闆「一聲不吭」地把遊戲幣收起來，為此他感到很驚訝。他了解到，老闆是為了讓老人有尊嚴地吃飯，從來沒有當面拆穿。「我覺得非常感動，我支持餛飩店老闆做法。」

一時間在各大網站和微博，老人用遊戲幣買餛飩帖子被網友轉發。網友說，「我們在做善事時，記得給對方尊嚴。」另名網友也表示，「對店主高尚情懷十分敬佩，給那位倔強老人以力所能及的幫扶，讓他的尊嚴得到呵護。」

這家在新疆街市場的小店只有四張桌子，老闆劉大軍說：「我覺得這的確是件小事，不值一提。」劉大軍一再強調，老人的眼睛和耳朵都不太好，肯定老人不是故意用「遊戲幣」來買吃的。他表示，雖然自己也不太富裕，但幫助這樣的老人還是沒有問題，不想揭穿這個秘密，就是覺得「應該讓老人有尊嚴地生活」。

而所謂四枚「遊戲幣」，包括一枚標有「大玩家」字樣遊戲幣，其他三枚是日幣、港幣和人民幣。劉大軍說，老人以乞討為生，但特別愛面子。每當他行乞，夾雜著各種硬幣和遊戲幣時，夫婦倆總是不吭聲，給多少算多少。

據了解，這位老人約七十多歲，少年時頭部受過傷。「老人從來不去人多的地方乞討」，劉大軍說，老人很要面子，很多路人看他可憐給他買吃的，他從來不要，「這應該就是老人想要的尊嚴吧！」

小店雖然只有四張小桌子
幫助這樣行乞的老人還是沒有問題
不想揭穿這個祕密
應該讓老人有尊嚴的生活
我覺得這的確是件小事，不值一提
劉大軍的做法，感動數以萬計的網友

劉大軍，善小而為
你的慈悲心是三千大世界裡的花
象徵三千大世界根本之愛
故，佛在靈山拈花
有了花，原野大地有精華
有了你，振奮社會的正義
有了花，眾生才盡情演繹生命的繽紛
有了你，感動千萬網友，感染百萬顆善心
整個社會因而逐漸改變體質
變成十步內有數株芳草

【本報綜合報導】大陸吉林省長春市新疆街市場一家非常不起眼的餛飩小店，一位行乞老人經常光顧這裡，並錯把「遊戲幣」當硬幣來買餛飩，這家老闆卻一直不拆穿，照樣給老人餛飩吃。

一○二．十二．五．

這件被老闆一再聲稱「不值一提」的事情，卻在短短幾天時間內感動數以萬計的大陸網友，並再次引發網友對於慈善、道德和尊嚴等話題大肆探討。

日前一名長春市民在網上稱：他在一家餛飩店吃飯時，發現一名年過花甲的老人，拿著一把摻雜有遊戲幣的零錢買包子和餛飩，老闆「一聲不吭」地把遊戲幣收起來，爲此他感到很驚訝。他了解到，老闆是爲了讓老人有尊嚴地吃飯，從來沒有當面拆穿。「我覺得非常感動，我支持餛飩店老闆做法。」

一時間在各大網站和微博，老人用遊戲幣買餛飩帖子被網友轉發。網友說，「我們在做善事時，記得給對方尊嚴。」另名網友也表示，

有了花，鳥兒天天來唱歌
有了你，人們可以以得到善心的啟蒙
有了花，綠葉才展演其掩映
有了你，好事傳千里

善心是計量社會品質的標準
人有善心

誰都能品味到馨香
多人有善心
馨香會彌漫到三界二十八重天
這是大千世界的神奇

劉大軍，你給全體中國人上了一課
汝等為人當如是
國家才是受到尊敬的強大

「對店主高尚情懷十分敬佩，給那位倔強老人以力所能及的幫扶，讓他的尊嚴得到呵護。」

這家在新疆街市場的小店只有四張桌子。老闆劉大軍說：「我覺得這的確是件小事，不值一提。」劉大軍一再強調，老人的眼睛和耳朵都不太好，肯定老人不是故意用「遊戲幣」來買吃的。他表示，雖然自己也不太富裕，但幫助這樣的老人還是沒有問題，不想揭穿這個秘密，就是覺得「應該讓老人有尊嚴地生活」。

而所謂四枚「遊戲幣」，包括一枚標有「大玩家」字樣遊戲幣，其他三枚是日幣、港幣和人民幣。劉大軍說，老人以乞討為生，但特別愛面子。每當他付帳，夾雜著各種硬幣和遊戲幣時，夫婦倆總是不吭聲，給多少算多少。

據了解，這位老人約七十多歲，少年時頭部受過傷。「老人從來不去人多的地方乞討」，劉大軍說，老人很要面子，很多路人看他可憐給他買吃的，他從來不要，「這應該就是老人想要的尊嚴吧！」

奶奶臥牀，孫女蔣松梅公主抱

詩頌蔣松梅的公主抱

蔣松梅，妳和奶奶並沒有血緣關係
妳被親生父母遺棄
在茫茫人海中尋找有緣人
因緣俱足，滑進了蔣家
這是佛緣啊

妳的公主抱
抱起了觀世音菩薩
妳距離菩薩最近
心因而純潔
一顆慈悲的心

奶奶臥床 孫女天天公主抱

【本報綜合報導】中國大陸浙江麗水龍泉市城郊一間民房內，一名女子以「公主抱」從輪椅上抱起一位老太太走向臥室。這是一對沒有血緣關係的祖孫，孫女是二十八歲的蔣松梅，被她抱起的是九十八歲的湯招弟。像這樣的公主抱，蔣松梅每天都要做十多次。

《錢江晚報》報導，湯招弟一直跟兒子蔣根興生活，因為家貧，蔣根興沒有結婚。一九九二年，一個還沒滿月的女嬰被親生父母遺棄，被蔣根興抱回家裡，取名蔣松梅。蔣根興在外扛水泥、種香菇養家，湯招弟在家照料蔣松梅。

湯招弟七年前不慎摔倒，從此癱瘓在床。蔣根興為了生計，無法隨時照顧母親。蔣松梅初中畢業後輟學外出打工，之後結了婚，與丈夫和湯招弟、蔣根興住在一起。

蔣根興去年底病逝後，蔣松梅專心照顧湯招弟。除了幫奶奶擦身體、餵食、按摩之外，最讓人讚歎的是蔣松梅的「公主抱」。

湯招弟躺在躺椅上，蔣松梅右手穿過湯招弟的腋窩，左手托在湯招弟雙膝下，手臂和腰部一起用力，體重三十多公斤的奶奶穩穩地蜷縮在孫女的懷抱中。這樣的公主抱，蔣松梅每天都要抱十多次，「奶奶已經習慣我抱，別人抱她不樂意」。

有人建議把湯招弟送到養老院，但被蔣松梅拒絕，「已經照顧了這麼多年了，就讓她晚年再安逸點」。患失智症多年的湯招弟，能把蔣松梅名字掛嘴邊，還讓蔣松梅感動：「奶奶心裡是有我的。」

↑←蔣松梅餵奶奶吃飯、用「公主抱」抱著奶奶在家中移動。　圖／取自錢江晚報

是一朵自在如一的蓮花
公主抱的身影
向眾生說法
百善孝為先
慈悲可以產生強大無形力

公主抱提昇生命的高度
妳因而與眾不同
妳因而不凡
佛說這是五濁世界
妳已超越濁惡
站在藍天白雲間看世界
碧藍滿目

蔣松梅，妳的公主抱
抱著的是三世姻緣
抱著的是觀世音菩薩
抱起永恒的愛
擁抱自己的佛性

奶奶臥床 孫女天天公主抱

【本報綜合報導】中國大陸浙江麗水龍泉市城郊一間民房內，一名女子以「公主抱」從輪椅上抱起一位老太太走向臥室。這是一對沒有血緣關係的祖孫，孫女是二十八歲的蔣松梅，被她抱起的是九十八歲的湯招弟。像這樣的公主抱，蔣松梅每天都要做十多次。

《錢江晚報》報導，湯招弟一直跟兒子蔣根興生活，因爲家貧，蔣根興沒有結婚。一九九二年，一個還沒滿月的女嬰被親生父母遺棄，被蔣根興抱回家裡，取名蔣松梅。蔣根興在外扛水泥、種香菇養家，湯招弟在家照料蔣松梅。

湯招弟七年前不慎摔倒，從此癱瘓在床。蔣根興爲了生計，無法隨時照顧母親。蔣松梅初中畢業後輟學外出打工，之後結了婚，與丈夫和湯招弟、蔣根興住在一起。

蔣根興去年底病逝後，蔣松梅專心照顧湯招弟。除了幫奶奶擦身體、餵食、按摩之外，最讓人讚歎的是蔣松梅的「公主抱」。

湯招弟躺在躺椅上，蔣松梅右手穿過湯招弟的腋窩，左手托在湯招弟雙膝下，手臂和腰部一起用力，體重三十多公斤的奶奶穩穩地蜷縮在孫女的懷抱中。這樣的公主抱，蔣松梅每天都要抱十多次，「奶奶已經習慣我抱，別人抱她不樂意」。

有人建議把湯招弟送到養老院，但被蔣松梅拒絕，「已經照顧了這麼多年了，就讓她晚年再安逸點」。患失智症多年的湯招弟，能把蔣松梅名字掛嘴邊，這讓蔣松梅感動：「奶奶心裡是有我的。」

⬆⬅蔣松梅餵奶奶吃飯、用「公主抱」抱著奶奶在家中移動。 圖／取自錢江晚報

台灣阿成，架兩岸精神長橋

詩頌黃宏成架起兩岸精神長橋

當台獨不肖子孫，斷絕祖宗血脈關係
台灣阿成，用行動證明兩岸都是炎黃子孫
當台獨偽政權，拆除兩岸所有橋樑
台灣阿成，用意志力架起兩岸精神長橋

台灣阿成是誰？
家住桃園的黃宏成，行動藝術家
二〇〇六年從雲林林內鄉起程
進行全台三一九鄉鎮親吻大地之旅
穿簑衣、戴斗笠、搭帳篷、駕鐵馬

台灣阿成 親吻兩岸大地

台319鄉鎮留唇印 黃宏成還要吻大陸百城 蒐兩岸土製地圖 倡和平

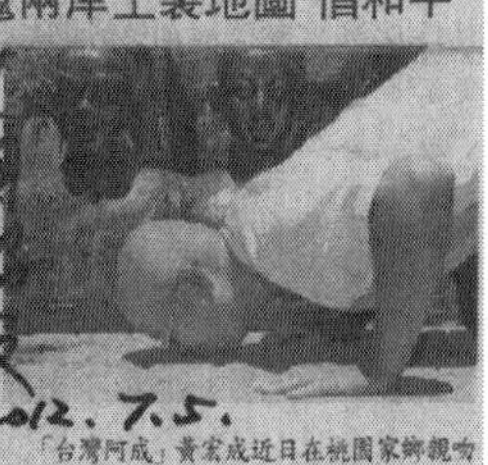

「台灣阿成」黃宏成近日在桃園家鄉親吻大地，身旁放著以兩岸泥土製成的孫中山、宋慶齡雕像。　圖／新華社

【新華社電】兩年親吻台灣三百一十九個鄉鎮的泥土，還要花五年親吻中國大陸三十四個省市區一百座城市的泥土，「台灣阿成」用獨特的方式表達自己對兩岸大地的愛。

「行動藝術家」「台灣阿成」是桃園人，本名黃宏成。近日他在桃園家鄉介紹最新作品，是用兩岸蒐集來的泥土製成的孫中山先生、宋慶齡女士雙人雕像，表達對前人的景仰。

黃宏成大學畢業後赴美進修，一年後懷抱理想回台灣，租辦公室、省吃儉用打地鋪、找合作夥伴、出書，但租約到期，他向親友借的錢也花光，夥伴打退堂鼓，他發現成功不如想像中容易。

黃宏成說：「困境是老天爺的恩賜，因為沒有路了，我反而更想去闖。」他萌生出親吻台灣大地、蒐集泥土製作台灣地圖的想法。

「土地能承載萬物，也是一切的根本。」二〇〇六年，黃宏成從雲林縣林內鄉開始親吻大地之旅，穿簑衣、戴斗笠、搭帳篷、踩腳踏車，兩年多餐風露宿、艱苦行腳，讓他找到生命價值。

兩年多艱苦行腳，找到生命的價值

生命的價值何在？
生為現代中國人，目睹民族分裂
台獨思想毒害台灣年輕一代
兩岸統一遙遙無期
台灣阿成心痛啊
有什麼方法可以把兩岸人民連接起來
是這輩子該做的事
人生的意義，生命的價值
就真正得到完全的肯定
自我實現之達成俱在其中

親吻全中國三十四個省區百座城市泥土
表達自己對兩岸大地的愛
用兩岸蒐集來的泥土
製成孫中山、宋慶齡双人雕像
表達對吾國先賢的景仰

【新華社電】兩年親吻台灣三百一十九個鄉鎮的泥土，還要花五年親吻中國大陸三十四個省市區一百座城市的泥土：「台灣阿成」用獨特的方式表達自己對兩岸大地的愛。

行動藝術家「台灣阿成」是桃園人，本名黃宏成。近日他在桃園家鄉介紹最新作品，是用兩岸蒐集來的泥土製成的孫中山先生、宋慶齡女士雙人雕像，表達對前人的景仰。

黃宏成大學畢業後赴美進修，一年後懷抱理想回台灣，租辦公室、省吃儉用打地鋪、找合作夥伴、出書，但租約到期，他向親友借的錢也花光，夥伴打退堂鼓，他發現成功不如想像中容易。

黃宏成說：「困境是老天爺的恩賜，因爲沒有路了，我反而更想去闖。」他萌生出親吻台灣大地、蒐集泥土製作台灣地圖的想法。

「土地能承載萬物，也是一切的根本。」二〇〇六年，黃宏成從雲林縣林內鄉開始親吻大地之旅，穿蓑衣、戴斗笠、搭帳篷、踩腳踏車，兩年多餐風露宿、艱苦行腳，讓他找到生命價值。

黃宏成，你以身說法：
兩岸一家親
我們都是中國人，要結合在一起
我們都是中華民族，不要搞分裂
不斷絕祖宗的血脈，要統一，不分離
兩岸泥土合起來，才是完整的中國

一輩子只要做好一件事
就是把兩岸泥土（領土）合起來
建設成完整、統一而富強的中國
廿一世紀才是真正中國人的世紀
一輩子只要做好一件事
人生都有了交待
是對自己、對列祖列宗的交待
啊！十四億的中國人
全球的中國人
向台灣桃園黃宏成看齊
中國一定强

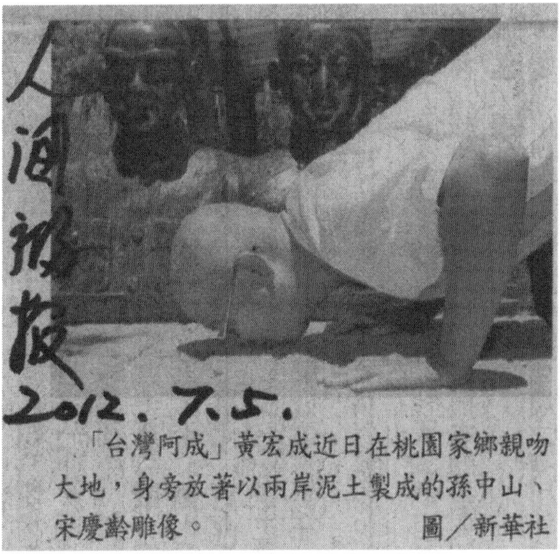

「台灣阿成」黃宏成近日在桃園家鄉親吻大地，身旁放著以兩岸泥土製成的孫中山、宋慶齡雕像。 圖／新華社

口足畫家

詩頌口足畫家

老天爺和你開個玩笑
天，不會知道你的苦
到底要找尋另一個出口
伸展神來之身手
還是要去跳太平洋
林宥辰、陳世峰、李君偉、柯樹
童福財、劉仁傑、羅勝龍、廖瑞金
周有成、洪德勝、楊志傑、劉正隆
楊淑怡、張術德、溫珮妃、陳美惠
你們都選擇讓生命飛躍
突破肉身種種圍困
理想於是飛上了九重天

林宥辰

陳世峰

李君偉

柯樹

童福財

劉仁傑

羅勝龍

廖瑞金

藝術生命在五大洲三大洋間鮮活

老天爺不給你某些都東西
必另有寶物給你
那是一種愛
你有所愛、擁抱愛
生命的潛能必得到開發
你在自己體內挖金礦
你得以自我實現
因為生命中有愛

你們以身說法
天生我才必有用
許多人因為你們
示現如菩薩身影
因而鼓舞眾生
得到強大的生存動力
沒有去跳太平洋
汝等功德無量

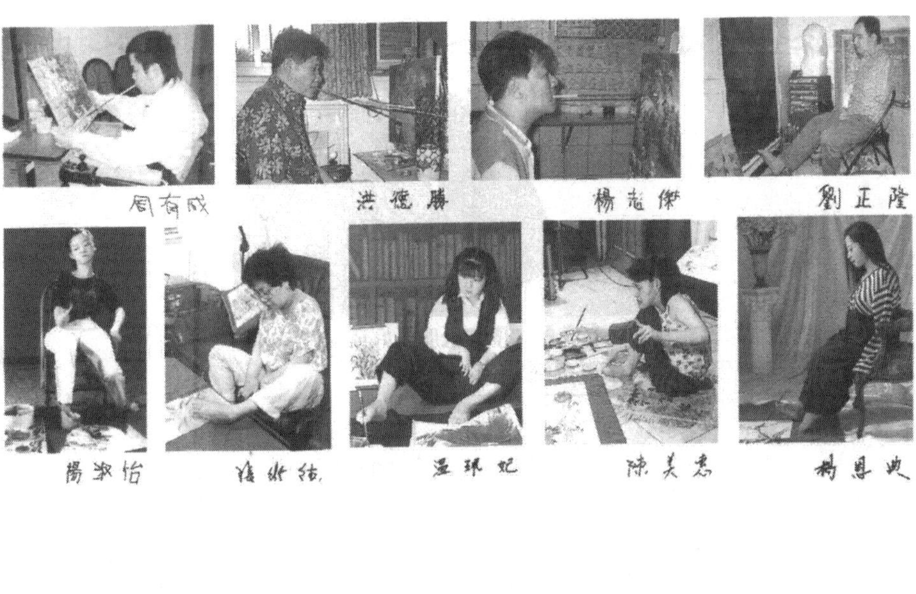

錢運星盼上大學背父親去

詩頌錢運星背著爸爸一起去

錢運星，妳是勇敢又有愛心的女孩
父親癱瘓，母親遺棄了你們
妳五歲承担照顧癱父的重任
六歲學會做飯
九歲學會幫爸爸剪頭髮
妳用功讀書，品學兼優
妳到縣城念高中，背著爸爸一起去
等上了大學
妳也要背著爸爸一起去
妳的孝心一定會感動老天爺
媽媽跑了

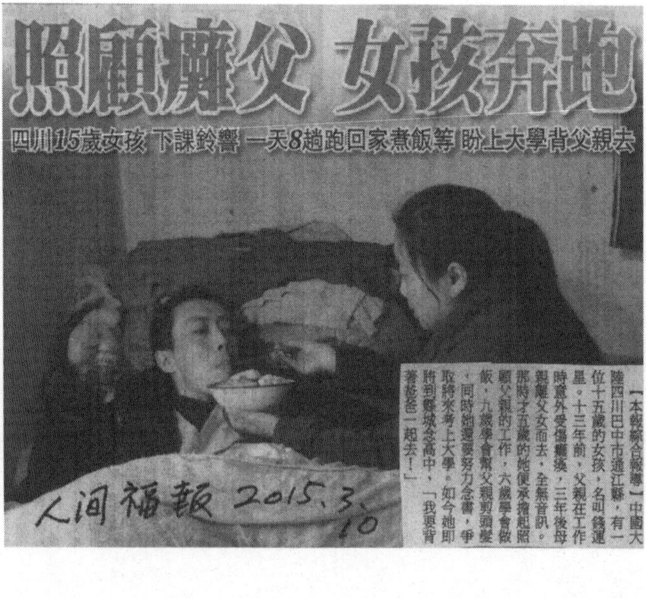

照顧癱父 女孩奔跑

四川15歲女孩 下課鈴響 一天8趟跑回家煮飯等 盼上大學背父親去

【本報綜合報導】中國大陸四川巴中市通江縣，有一位十五歲的女孩，名叫錢運星。十三年前，父親在工作時意外受傷癱瘓，三年後母親離父女而去，全無音訊。那時才五歲的她便承擔起照顧父親的工作，六歲學會做飯，九歲學會幫父親剪頭髮，同時她還要努力念書，爭取將來考上大學。如今她即將到縣城念高中，「我要背著爸爸一起去！」

人间福报 2015.3.10

這是一種痛
痛，被妳趕跑了
有的痛被妳吃掉
妳吃苦當補

爸爸癱瘓
這是哪一級的苦
苦，被妳化成爸爸心中的甜
有的苦也被妳吃了
妳把苦和痛化成兩人心中的幸福

妳小小的年紀
背著爸爸到縣城讀高中
未來還要背著爸爸上大學
妳天生有巨大的愛心
妳天生有承担責任的勇氣
妳也有走長路的耐力
我想，妳未來一定可以背一座山
承担國家民族的復興大業

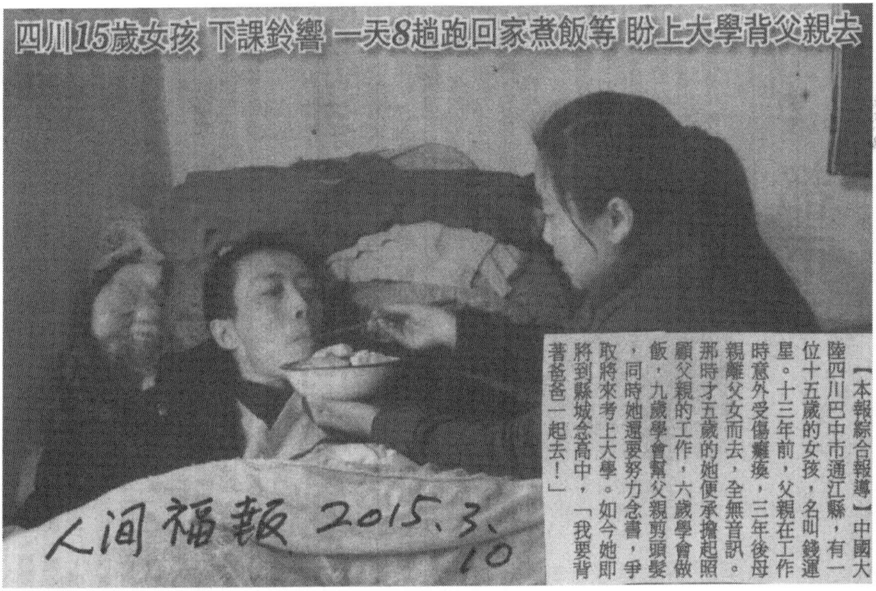
四川15歲女孩 下課鈴響 一天8趟跑回家煮飯等 盼上大學背父親去

【本報綜合報導】中國大陸四川巴中市通江縣，有一位十五歲的女孩，名叫錢運星。十三年前，父親在工作時意外受傷癱瘓，三年後母親離父女而去，全無音訊。那時才五歲的她便承擔起照顧父親的工作，六歲學會做飯，九歲學會幫父親剪頭髮，同時她還要努力念書，爭取將來考上大學。如今她即將到縣城念高中，「我要背著爸爸一起去！」

所有中國人都要和妳一樣
直下承担，共織中國夢
如同妳織著錢家未來的夢
織著自己未來的夢
夢在未來，路在當下
大家都和妳一樣
從我做起，化苦痛為一股力量
夢想必然會實現

錢運星，妳小小年紀
能以身說法
如菩薩轉世
警示眾生
百善孝為先
許多人會因妳而感動、受影響
進而改變人生
改變一個社會的體質
我讚嘆妳！詩頌揚妳！

【本報綜合報導】中國大陸四川巴中市通江縣，有一位十五歲的女孩，名叫錢運星。十三年前，父親在工作時意外受傷癱瘓，三年後母親離父女而去，全無音訊。那時才五歲的她便承擔起照顧父親的工作，六歲學會做飯，九歲學會幫父親剪頭髮，同時她還要努力念書，爭取將來考上大學。如今她即將到縣城念高中，「我要背著爸爸一起去！」

程家兩岸血濃於水的見證

詩頌程家兩岸一家親的見證

安徽的程龍美來台尋親
找的是他大哥程龍光
但程龍光已移民西方極樂世界
卻在屏東找到程龍光之子程正方
叔姪相見分外感動
程龍美一到屏東程家見門聯寫著
忠孝傳家遠
詩書教子長
激動的說：
安徽老家也寫著相同的門聯啊
這是母親傳下來的家訓
永遠不能遺忘呀！

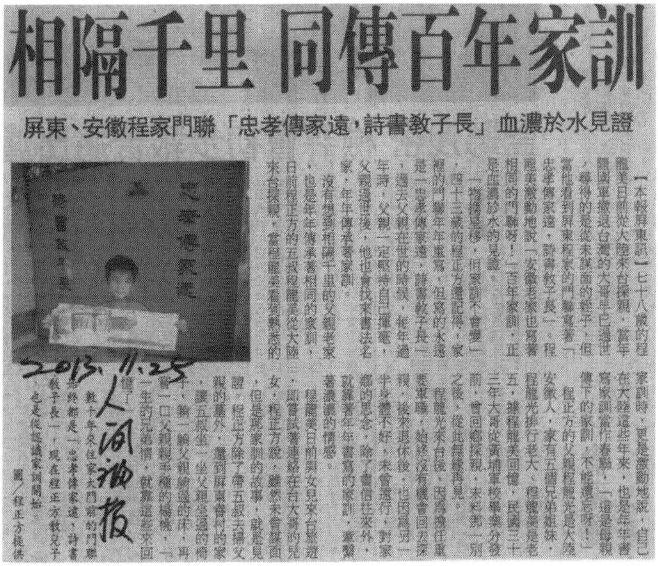

相隔千里 同傳百年家訓

屏東、安徽程家門聯「忠孝傳家遠，詩書教子長」血濃於水見證

2013.11.25 人間福報

海峽的浪潮始終不安靜
大多時候不安份
總有掀風作浪者
沖斷了血緣關係所連結的小橋
卻沖不垮血脈關係
千百里阻隔也要來尋親
見證兩岸一家人
同文同種同家訓
忠孝傳家遠
詩書教子長
這是我們中國文化的優良傳統

兩岸是一家人
叔叔住彼岸
姪子住此岸
相同的國度，相同的世界
小老百姓不懂，為何政客强要撕裂
把台獨之毒滲透在孩子純潔的腦袋裡
燃起了戰火對誰有利

相隔千里　同傳百年家訓

屏東、安徽程家門聯「忠孝傳家遠，詩書教子長」血濃於水見證

【本報屏東訊】七十八歲的程龍美日前從大陸來台探親，當年隨國軍撤退台灣的大哥早已過世，尋得的是從未謀面的姪子，但當他看到屏東程家的門聯寫著「忠孝傳家遠，詩書教子長」。程龍美激動地說「安徽老家也寫著相同的門聯呀！」百年家訓，正是血濃於水的見證。

「物換星移，但家訓不會變」，四十三歲的程正方還記得，家裡的門聯年年重寫，但寫的永遠是「忠孝傳家遠，詩書教子長」，過去父親在世的時候，每年過年時，父親一定堅持自己揮毫，父親過世後，他也會找來書法名家，年年傳承著家訓。

沒有想到相隔千里的父親老家，也是年年傳承著相同的家訓，日前程正方的五叔程龍美從大陸來台探親，當程龍美看到熟悉的

台獨思想是一隻妖獸
是一種邪魔
中國文化去除後，小島回到石器時代
回到禽獸社會
眾生皆不利

兩岸程家再度見證
我們都是中華民族
我們都是中國人
我們是相同的國度一家人
從孔孟李杜三蘇以來就叫中國
百家姓亦如是
都源自神州大地的靈山聖水
血濃於水的民族情緣
絕不能分裂
強要分裂者
便是十四億中國人之死敵
死敵，滅之而後快

九旬婦被養女遺棄，趙家五兄弟奉養

詩頌趙家五兄弟行菩薩道

於秀英和老伴是
北京市密雲縣十里堡鎮莊禾屯村人
於秀英不能生育，領養一女嬰
養女長大嫁到內蒙古
兩老年居七旬時，前往投靠
養女嫌為累贅
二老只得重回莊禾屯村，已無棲身處
只得拾荒度日

同是莊禾屯村人的趙家五兄弟
趙合林、趙合明、趙合臣、趙合忠、趙合文

9旬婦被棄 5兄弟奉養

2013.3.5.

於秀英被養女遺棄 拾荒為生 趙家人細心照顧 讓她享天倫之樂

人间福报

【本報綜合報導】中國北京市密雲縣十里堡鎮莊禾屯村，提起趙合林、趙合明、趙合臣、趙合忠和趙合文五兄弟，村民們都會豎起大拇指。十七年來，他們義務奉養跟他們沒有血緣關係的九十一歲於秀英，讓被養女遺棄的老人得以享天倫之樂。

於秀英與老伴原本也是莊禾屯村人，因為不能生育，兩人領養一名幾個月大的女嬰，辛苦將女兒養大成人後，養女二十多歲時嫁到內蒙古。身邊無人照顧的兩老前去投奔，養女反而嫌他們累贅，時常吵架。幾年後，於秀英與丈夫忍受不了，就又回到莊禾屯村。

當時兩位老人已經年屆七旬，並且去內蒙古時就已賣掉房子，回鄉後兩人無處棲身，而戶口已遷到內蒙古也讓他們無法享有村裡的救濟和福利，只好靠拾荒維持生活。

同是莊禾屯村人的趙合林得知於秀英的遭遇後，覺得老人好心收養女兒，不僅沒得到奉

趙家五兄弟攙扶着於秀英（中），讓她享天倫樂。 圖／取自網路

得知二老處境
共同把兩老迎來奉養
讓老人得安享晚年
享無血緣關係的天倫之樂

地球上類似故事無限多
恐多過恒河沙、大地土
惟人間菩薩極少
今偶然就看到五個
趙家五兄弟
不知道他們是否佛教徒
但他們行的正是菩薩道
神州大地出菩薩
我感到很安慰
菩薩道沿途散發蓮的芳香
五朵皆盛開
好美好純潔
芳香穿過海峽，千里外

趙家人細心照顧 讓她享天倫之樂

【本報綜合報導】中國北京市密雲縣十里堡鎮莊禾屯村，提起趙合林、趙合明、趙合臣、趙合忠和趙合文五兄弟，村民們都會豎起大拇指。十七年來，他們義務奉養跟他們沒有血緣關係的九十一歲於秀英，讓被養女遺棄的老人得以享天倫之樂。

趙家五兄弟撫養於秀英（中），讓她享天倫樂。　圖／取自網路

也能聞香

菩薩道是無私的陽光
奉養、盡孝
不以血緣關係為基準
五兄弟
無緣大慈
同體大悲
你們的善行將會突破空間和時間
在代代子孫、中華子民
永恒的流傳
成為你們生生世世
都能攜帶隨行的珍寶
善之「業」

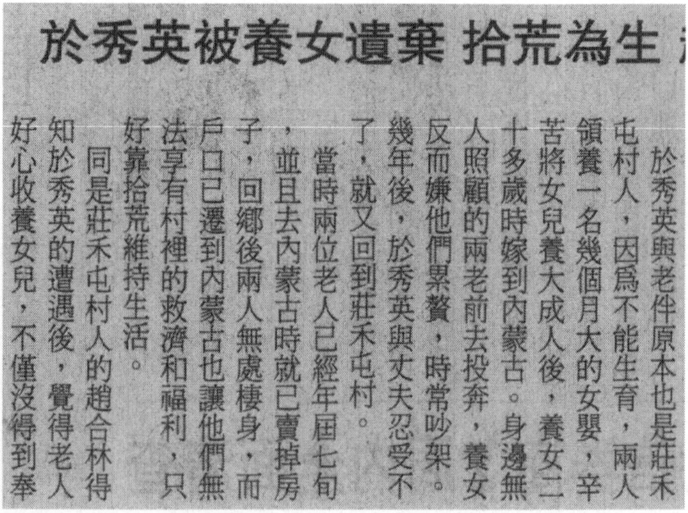

於秀英被養女遺棄 拾荒為生

於秀英與老伴原本也是莊禾屯村人，因爲不能生育，兩人領養一名幾個月大的女嬰，辛苦將女兒養大成人後，養女二十多歲時嫁到內蒙古。身邊無人照顧的兩老前去投奔，養女反而嫌他們累贅，時常吵架。幾年後，於秀英與丈夫忍受不了，就又回到莊禾屯村。

當時兩位老人已經年屆七旬，並且去內蒙古時就已賣掉房子，回鄉後兩人無處棲身，而戶口已遷到內蒙古也讓他們無法享有村裡的救濟和福利，只好靠拾荒維持生活。

同是莊禾屯村人的趙合林得知於秀英的遭遇後，覺得老人好心收養女兒，不僅沒得到奉

吳宗宇，孫飛雄不忍人之心

詩頌吳宗宇，孫飛雄不忍人之心

我說詩頌
吳宗宇，孫飛雄不忍人之心
他們是孟子精神轉世的
或許有人要諷我封建、落伍
連孟子都搬出來
或陳某人說神話
講童話故事

真實的神話故事
就真的在在小島的高雄市
台北人心中的高雄人好像……

愛心餐車 溫暖街友

吳宗宇不忍街友吃廚餘 每周五發送100份便當 拋磚引玉

吳宗宇每周五駕駛「愛心餐車」發放便當給街友。圖／蘇郁涵

〔本報高雄訊〕便當店老闆吳宗宇每周五駕駛「愛心餐車」，前往高雄火車站對面公車站與三民公園，發送消夜給街友，街民「好康逗相報」，目前領餐人數高達百餘人。吳宗宇說：「我的力量有限，但希望這些便當能為流離失所的街友帶來心頭溫暖。」

三十歲的吳宗宇，畢業於立志中學，退伍後擔任喜酒送貨員，去年辭掉工作後，跟著長輩學習做便當，經營手法與烹調功夫步上軌道後，去年開設便當店。

「街友四處翻垃圾桶找東西吃，看了於心不忍。」吳宗宇說，去年便當店開業不久，他經常看見全身髒亂的街友翻垃圾桶找廚餘吃，看了難過，於是主動到廚房找食物給他們吃，也興起提供愛心便當給街友的想法。

吳宗宇經友人介紹，認識長期提供愛心便當給街友的「慈母默善慈心會」理事長孫飛雄，兩人商討細節後，決定每周一、三、六由「慈母默善慈心會」送餐，而吳宗宇則每周五發送一百份愛心便當。

吳宗宇每周五駕駛「愛心餐車」，發放愛心便當給街友，晚間九時三十分先到三民公園，十時再到高雄火車站對面公車站，這個行動持續一個多月後，街友愈來愈多，吳宗宇還擔心有些街友「遲到」領不到便當。

目前吳宗宇幾位好友會固定到店裡幫忙包便當，孫飛雄則撥空到三民公園與高雄火車站對面公車站幫忙發便當。孫飛雄說，當初他發想這個行動，是希望拋磚引玉，沒想到不久就有一位青年願意挺身而出，為社會奉獻盡一份心力。

然而
高雄，真的有菩薩
吳孫二人的不忍人之心
溫暖了午夜的街友
也讓寒冷的夜晚稍稍提升溫度

善舉在闇黑人群中
默默點一盞燈
照亮角落裡的寂寞
引那不寂寞的人
丟出一塊磚
轟然如棒喝
質問人
你是被打昏了
還是頓悟不忍人之心

吳宗宇不忍街友吃廚餘 每周五發送100份便當 拋磚引玉

吳宗宇每周五駕駛「愛心餐車」發放便當給街友。 圖／蘇郁涵

〔本報高雄訊〕便當店老闆吳宗宇每周五駕駛「愛心餐車」，前往高雄火車站對面公車站與三民公園，發送消夜給街友。街民「好康逗相報」，目前領餐人數高達百餘人。吳宗宇說：「我的力量有限，但希望這些便當能為流離失所的街友帶來心頭溫暖。」

三十歲的吳宗宇，畢業於立志中學，退伍後擔任啤酒送貨員，去年辭掉工作後，跟著長輩學習做便當，經營手法與烹調功夫步上軌道後，去年開設便當店。

「街友四處翻垃圾桶找東西吃，看了於心不忍。」吳宗宇說，去年便當店開業不久，他經常看見全身髒亂的街友翻垃圾桶找廚餘吃，看了難過，於是主動到廚房找食物給他們吃，也興起提供愛心便當給街友的想法。

吳宗宇經友人介紹，認識長期提供愛心便當給街友的「皇母獸善慈心會」理事長孫飛雄，兩人商討細節後，決定每周一、三、六由「皇母獸善慈心會」送餐，而吳宗宇則每周五發送一百份愛心便當。

吳宗宇每周五駕駛「愛心餐車」，發放愛心便當給街友，晚間九時三十分先到三民公園，十時再到高雄火車站對面公車站，這個行動持續一個多月後，街友愈聚愈多，吳宗宇還擔心有些街友「遲到」領不到便當。

目前吳宗宇幾位好友會固定到店裡幫忙包便當，孫飛雄則撥空到三民公園與高雄火車站對面公車站幫忙發便當。孫飛雄說，當初他發想這個行動，是希望拋磚引玉，沒想到不久就有一位青年願意挺身而出，為社會弱勢盡一份心力。

企業家陳明鏡建雲南「小人國」

詩頌企業家陳明鏡在雲南建「小人國」

企業家陳明鏡先生
在雲南省昆明市西山之麓
世界蝴蝶生態園裡
興建一座「小人國」
是實現世界裡真正的童話王國
這裡的人最高才一百三十公分
他們自組各種園藝表演
在自己國度平等玩耍
沒有異樣眼光
他們自食其力，各有一片天空

天生我才
不打架
不利於打架
我還沒碰到你
你的長程飛彈已打到我

天生我才
適合娛樂眾生
特別吸引小朋友
我們用自己的真本事
打下你袋子裡的銀子

天生我才
和大家都一樣
就愛做夢織夢
有夢最美
我們夢想早已實現
歡迎參訪中國雲南「小人國」
這是你在聯合國找不到的

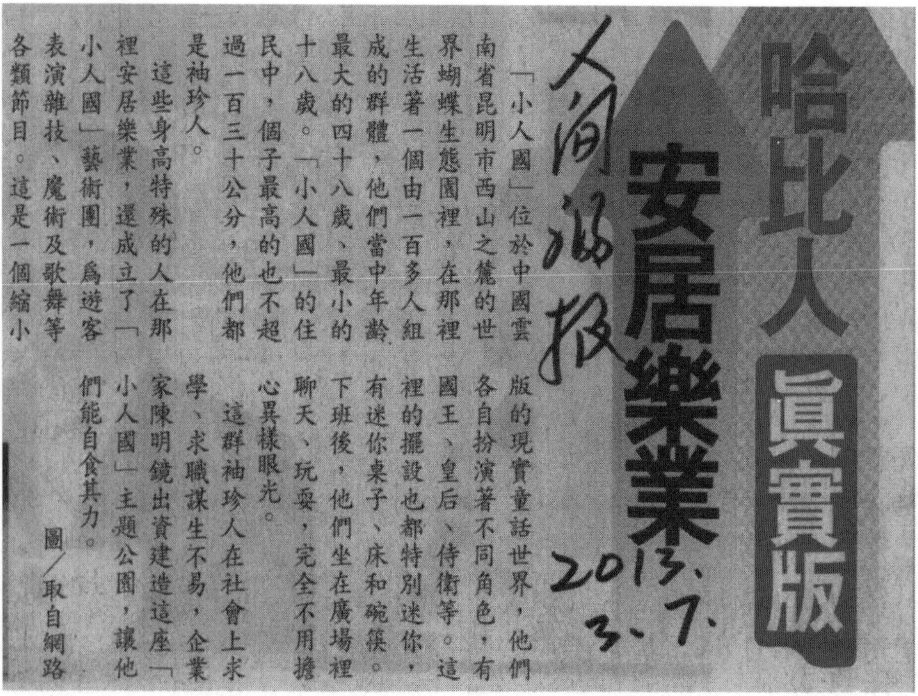
人間福報 2013.3.7.

哈比人 安居樂業 眞實版

「小人國」位於中國雲南省昆明市西山之麓的世界蝴蝶生態園裡，在那裡生活著一個由一百多人組成的群體，他們當中年齡最大的四十八歲、最小的十八歲。「小人國」的住民中，個子最高的也不超過一百三十公分，他們都是袖珍人。

這些身高特殊的人在那裡安居樂業，還成立了「小人國」藝術團，爲遊客表演雜技、魔術及歌舞等各類節目。這是一個縮小版的現實童話世界，他們各自扮演著不同角色，有國王、皇后、侍衛等。這裡的擺設也都特別迷你，有迷你桌子、床和碗筷。下班後，他們坐在廣場裡聊天、玩耍，完全不用擔心異樣眼光。

這群袖珍人在社會上求學、求職謀生不易，企業家陳明鏡出資建造這座「小人國」主題公園，讓他們能自食其力。

圖／取自網路

西安是慈悲之城

詩頌西安是慈悲之城

二〇〇五年，何卓遠的母親
只會說廣東方言，初到西安
在西安街頭走失
幸好熱心市民為老母張羅食物和水
由警方協助找到家人
何卓遠念念不忘西安人的恩情

何卓遠在西安開一家廣東餐館
多年來他為九十二歲的孤獨老人崔育英
提供「愛心餐」
每餐只收人民幣一毛

1元消費 愛心無價

大陸餐館老闆何卓遠 為92歲老奶奶供餐3年 150商家響應 服務老人

【本報綜合報導】一元人民幣可以買什麼？大陸西安市的一家廣東餐館老闆何卓遠，三年來爲九十二歲的孤獨老人崔育英提供「愛心餐」，且每餐僅收一元人民幣（約新台幣四點五元）。

何卓遠說這只是他對西安的報恩。二〇〇五年，何卓遠的母親剛到西安，只會說廣東方言的母親在西安街頭走失，熱心的市民爲母親張羅食物和水，並找到派出所幫助她找到家人。多年來，何卓遠對這份恩情一直念念不忘。

二〇〇八年夏天，何卓遠注意到一位老

何卓遠與在店裡享受一元套餐的崔育英老奶奶聊天（右圖）。而他的善行也換來商家集體大行善（左圖）。 圖／新華社

消息傳開，有一百五十商家響應
為無依老人服務

西安，你是慈悲之城
你是人間真實存在的西方安樂城
老人不必取得西方極樂世界之簽證
就在西安
能享安樂幸福
西安，出產菩薩最多之城

慈悲，是一種無形力量
最能影響眾生之無上法力
慈悲，沒有敵人
敵人會被度化成菩薩
慈悲陽光能灑遍全球

【本報綜合報導】一元人民幣可以買什麼？大陸西安市的一家廣東餐館老闆何卓遠，三年來為九十二歲的孤獨老人崔育英提供「愛心餐」，且每餐僅收一元人民幣（約新台幣四點五元）。

何卓遠說這只是他對西安的報恩。二〇〇五年，何卓遠的母親剛到西安，只會說廣東方言的母親在西安街頭走失，熱心的市民為母親張羅食物和水，並找到派出所幫助她找到家人。多年來，何卓遠對這份恩情一直念念不忘。

二〇〇八年夏天，何卓遠注意到一位老

…老奶奶聊天（右圖）。而他的善行也換來商

圖／新華社

「中國阿甘」金世明

詩頌中國阿甘金世明

金世明，你在新疆當了四十年礦工
你從小養成長跑好習慣
二〇〇五年你退休了
與友人相約新疆走到北京一萬五千公里
友人體力不支投降
你走出樂趣，走上了人生珠穆朗瑪峰
走過中國一千九百二十二個市縣行政區
總里程八萬公里，繞地球三圈
你給眾生的說法是：
生命最寶貴，運動價更高

中國阿甘 走8萬公里

相當繞地球2圈 徒步1922城 穿破58雙鞋 擴展視野兼健身

【本報綜合報導】人稱「中國阿甘」的六十歲男子金世明（見圖／取自網路），七年前退休後與友人相約從新疆徒步一萬五千公里到北京，途中兩位同伴體力不支放棄，只有他堅持到底，甚至走出樂趣，發願靠自己的雙腳走遍全國各地，目前已走過中國三分之二地區。

金世明估計，他已走了八萬公里，相當於繞地球兩圈，他的筆記本蓋滿了一千九百二十二個市縣行政區的印章，用了十八本筆記本之多，本子上也寫滿了各地「驢友」（背包客）的鼓勵。

金世明曾在新疆當了四十年的礦工，多年單身。他十歲就養成長跑的習慣，到礦區工作之後，每天上山、下山來回跑十公里，身體養得好，「冬天不穿棉褲，夏天不怕熱」。

金世明徒步走到北京後，在北京休息了三十天，又繼續開始徒步旅程。途中，他遇到各地舉辦的馬拉松賽都積極參加，還曾在廈門國際馬拉松賽獲得老年組第一名。二〇〇八年，他被評為「中國迎奧運十大狂人」之一。

金世明指著腳下的鞋說：「這是我穿爛的第五十八雙鞋。只要沒死，我就會一直走下去。」他平均一個半月走掉一雙鞋。

攤開中國地圖，他已走完三分之二地區，路程最長的省分是雲南，走了兩千四百多公里，最短的是上海，只走了兩百八十五公里。他笑說，曾因為找不到路，坐過兩次汽車。

金世明每天早上五時起床，步行約五十公里，「保持一定速度，不用太快」。他說，中午可找個涼快的地方坐一下，晚間五時就要找便宜的旅館住宿。他表示自己從來不趕夜路，徒步是為了鍛鍊身體和擴展視野，不是為了找刺激。

談到長距離步行祕訣，金世明表示要做好熱身運動，不喝飲料。他將徒步七年的心得寫在日記上：「生命最寶貴，運動價更高。任何藥補身，不如早晚跑。」

任何藥補身，不如早晚跑

金世明，你以走跑看見許多異世界
走路提昇人生格局和境界
你不再只是一個老礦工
你是中國現代旅行家、探險家
你是中國阿甘
超越阿甘，你是自強不息的行者

金世明，你擁抱中國夢
遊過一座座大山大水
走過各民族建設的千百城鎮
每天有習習春風為伴
見證現代中國之盛世繁華
你的夢就是中國夢
你的世界是中國世界
你這輩子，值得！

攤開中國地圖，他已走完三分之二地區，路程最長的省分是雲南，走了兩千四百多公里，最短的是上海，只走了兩百八十五公里。他笑說，曾因爲找不到路，坐過兩次汽車。

金世明每天早上五時起床，步行約五十公里，「保持一定速度，不用太快」。他說，中午可找個涼快的地方坐一下，晚間五時就要找便宜的旅館住宿。他表示自己從來不趕夜路，徒步是爲了鍛鍊身體和擴展視野，不是爲了找刺激。

談到長距離步行祕訣，金世明表示要做好熱身運動、不喝飲料。他將徒步七年的心得寫在日記上：「生命最寶貴，運動價更高。任何藥補身，不如早晚跑。」

【本報綜合報導】人稱「中國阿甘」的六十歲男子金世明（見圖／取自網路），七年前退休後與友人相約從新疆徒步一萬五千公里到北京；途中兩位同伴體力不支放棄，只有他堅持到底，甚至走出樂趣，發願靠自己的雙腳走遍全國各地，目前已走過中國三分之二地區。

金世明估計，他已走了八萬公里，相當於繞地球兩圈。他的筆記本蓋滿了一千九百二十二個市縣行政區的印章，用了十八本筆記本才蓋得下；本子上也寫滿了各地「驢友」（背包客）的鼓勵。

金世明曾在新疆當了四十年的礦工，多年單身。他十歲就養成長跑的習慣，到礦區工作之後，每天上山、下山來回跑十公里，身體養得好，「冬天不穿棉褲、夏天不怕熱」。

金世明徒步走到北京後，在北京休息了二十天，又繼續開始徒步旅程。途中，他遇到各地舉辦的馬拉松賽都積極參加，還曾在廈門國際馬拉松賽獲得老年組第二名。二〇〇八年，他被評為「中國迎奧運十大狂人」之一。

金世明指著腳下的鞋說：「這是我穿爛的第五十八雙鞋。只要沒死，我就會一直走下去。」他平均一個半月走壞一雙鞋。

人間 6.21

寧夏治沙功臣白春蘭

詩頌寧夏治沙功臣白春蘭

三十多年前，寧夏荒漠只有一棵樹
白春蘭夫婦開始種樹防沙漠化
沙柳、沙蒿等灌木能防風沙固沙
三十多年來種了十萬棵樹
一九九七年，丈夫肝硬化辭世
白春蘭擦乾眼淚，帶著兒子繼續治沙事業
二〇〇〇年，成立公司
聯合全村八十八戶農民一起造林
要將中國沙漠化成鬱鬱蔥蔥的綠色森林
白春蘭，看著每一棵樹

1棵→10萬棵樹

人间福报 2012.12.1.

思夫兒 荒漠栽成綠洲

從賣樹苗求生 到擔治沙重任 寧夏婦32年植10萬棵樹 續至親遺志

白春蘭被譽為寧夏的治沙功臣。　圖／取自網路

【本報綜合報導】大陸寧夏荒漠三十二年前只有一棵樹，每年起風飛沙；如今這裡形成小綠洲，風沙逐年減少，背後的功臣是五十九歲的農婦白春蘭，三十二年來一手栽種十萬棵樹，即使丈夫、長子相繼離世，她仍不放棄對這片土地的熱愛，「看著樹，就像看到丈夫與兒子。」

白春蘭住在寧夏回族自治區鹽池縣，她坦言當時種樹是為生計所迫，想將樹苗長大後以每棵三塊錢賣掉。在沙漠地區種樹不易，雖多次樹苗被吹垮，都沒有動搖白春蘭夫婦治沙決心。他們植樹種草的同時，一層層扒掉那些不長作物的沙子，翻出新土，硬是在沙丘上整出一塊土地。一九八四年，白春蘭在新開的土地上播種，並在秋後收穫了四袋小麥，這在從未種過小麥的沙漠裡是破天荒的事。

初嘗成功喜悅後，白春蘭夫婦更有信心，他們繼續栽植喬木，還選擇適應沙地生長、防沙固沙的沙柳、沙蒿等灌木，起了很好的防風固沙作用，荒蕪多年的沙漠終於出現點點綠色。

一九九七年，丈夫因肝硬化辭世，白春蘭擦乾眼淚，帶著兒子繼續進行治沙事業。此時，沙漠已變得鬱鬱蔥蔥。白春蘭不只治沙，二〇〇〇年成立公司，聯合全村八十八戶農民，治

都像看到丈夫與兒子
白春蘭，妳把神州大地的一切
都看成妳的親人
大地的呼吸是妳的呼吸
神州江河是妳的血管的動脈
沙漠化是妳的老化
治好了沙漠
妳便永恒不老
因為妳的精神將永遠與森林同在

更大的功德
是妳種下大片森林生出的氧氣
供養後世中華子民千百年
妳創造了優質的居住環境
妳是中華民族偉大的女性
治沙造林女英雄

【本報綜合報導】大陸寧夏荒漠三十二年前只有一棵樹，每年起風飛沙；如今這裡形成小綠洲，風沙逐年減少，背後的功臣是五十九歲的農婦白春蘭，三十二年來一手栽種十萬棵樹，即使丈夫、長子相繼離世，她仍不放棄對這片土地的熱愛，「看著樹，就像看到丈夫與兒子。」

白春蘭住在寧夏回族自治區鹽池縣，她坦言當時種樹是為生計所迫，想將樹苗長大後以每棵三塊錢賣掉。在沙漠地區種樹不易，雖多次樹苗被吹垮，都沒有動搖白春蘭夫婦治沙決心。他們植樹種草的同時，一層層扒掉那些不長作物的沙子，翻出新土，硬是在沙丘上整出一塊土地。一九八四年，白春蘭在新開的土地上播種，並在秋後收穫了四袋小麥，這在從未種過小麥的沙漠裡是破天荒的事。

初嘗成功喜悅後，白春蘭夫婦更有信心，他們繼續栽植喬木，還選擇適應沙地生長、防沙固沙的沙柳、沙蒿等灌木，起了很好的防風固沙作用，荒蕪多年的沙漠終於出現點點綠色。

一九九七年，丈夫因肝硬化辭世，白春蘭擦乾眼淚，帶著兒子繼續進行治沙事業。此時，沙漠已變得鬱鬱蔥蔥。白春蘭不只治沙，二〇〇〇年成立公司，聯合全村八十八戶農民，治

人間少有的父愛，范比克

詩頌人間少有的父愛，范比克

忘了記下他的背景
他一定感動了很多人
因爲看這形像
是人間稀有的愛
可能是雄性世界中空前極稀之品種
所以深值頌揚
這位范比克老兄
你是一位偉大的父親
父親的形像應如何
各民族恐有極大差異

父抱腦麻女 完成鐵人3項

范比克發現女兒喜愛大自然 戒菸練身體 帶她征戰各種戶外競賽

范比克抱著患有腦性麻痺的女兒，完成鐵人三項。 圖／取自網路

2012.8.16. 人间福报

你的形像
是慈愛的鋼鐵
鋼鐵，從來沒有累的時候
慈愛，就永不放棄自己的孩子
無論孩子成爲怎樣
所以能抱著腦麻女兒完成鐵人三項

用我的語言詮釋
你也許不認同
你抱著的是菩薩
你距離菩薩最近
你因而純潔又堅定
產生一股強大的力量
助你完成目標

范比克抱著患有腦性麻痺的女兒，完成鐵人三項。 2012.8 圖／取自網路

一隻赤蠵龜的獨白

詩頌一隻赤蠵龜的獨白

兩千多年前釋迦牟尼佛
早已警示眾生平等
現在我才眞正感受到
平等待遇和尊重
前些日子老龜我，受困於石門核電廠
進水口中，眞是危險
幸有好心人類相救
又有獸醫悉心照料和治療
老夫終於恢復健康
體重從六十四公斤增重到九十公斤
在某個良辰吉日

2012.6.29 米咕返家 小朋友送行 人間福報

去年八月受困於石門核電廠進水口的赤蠵龜「米咕」，經過新北市動保處及野柳海洋世界獸醫十個月來的悉心照料和治療後，恢復健康，體重六十四公斤增重至九十公斤，昨天在白沙灣將牠野放回歸大海。圖／陳珮琦

將老夫在白沙灣野放回歸大海
這麼多小朋友來相送
老夫感動呀
我一定會好好活著
祈禱每個小朋友都「龜壽」

我勇往前行，奔向大海
踏浪而歌
感恩人類對我的慈悲
這一去，千山萬水
去探索三大洋五大洲的神妙
時常浮出水面望倉穹
讚嘆眾生的可愛和生命的可貴
或釣取一片月光
生命偶爾也該悠閒

當我的海洋之旅倦了
或時機成熟

米咕返家 小朋友送行

去年八月受困於石門核電廠進水口的赤蠵龜「米咕」，經過新北市動保處及野柳海洋世界獸醫十個月來的悉心照料和治療後，恢復健康，體重六十四公斤增重至九十公斤，昨天在白沙灣將牠野放回歸大海。圖／陳珮琦

或天命已到
我將重回白沙灣
希望到時這一小區美白沙灘還在

末了，老夫仍要敬告——該是警告
人類才是地球有史以來最可怕
也最有破壞力的物種
比恐龍可怕
現在很多生物絕種，包含我龜族
都是人類害的
「地球第六次大滅絕」是人類搞出來的
若地球滅絕了
人類自己、我龜族和所有物種
全都死路一條

人類自許萬物之靈

唯一有智慧的物種
有能力自救並救其他物種
這還要我們龜族說教嗎？

輯三　獨腿村醫陳永根

我隨天命而來
在雲中旅行
記錄風雨的意義
肉身入定在書桌前
筆，習於漂泊
流浪到此
留下一點證據

說到此一遊
並非神話
看這裡陽光的臉色
也還熟悉
走遍神州亦非神話
那山河江水人文
俱在我心
累世的故鄉

獨腿村醫陳永根

詩頌獨腿村醫陳永根

陳永根老醫師，這背影太震撼了
足以震撼山河！撼鬼神！
撼每位中華兒女心靈！
這背影，必永遠扎根於神州大地
開出許多傳奇繁花
芳香永遠散播在成都紅花村

陳永根，從小在
成都龍泉驛區山泉鎮紅花村長大
三歲時因患骨髓炎，左腿膝蓋下截肢
立志學醫，懸壺救人

獨腿村醫出診 翻山越嶺18萬里

成都紅花村陳永根 幼時截肢 立志懸壺救人 每年走壞1根枴杖 34年風雨無阻 月入只有2千元 也不願他去

人間福報 2015.8.4

大陸四川獨腿村醫陳永根，三十四年來出診走過十八萬里山路。圖／取自騰訊大成網

【本報綜合報導】大陸四川省「獨腿村醫」陳永根，一身白衣、一根拐杖、一個藥箱，三十四年來來回回在崎嶇山路為村民看病，這些出診路程近十八萬里。村民說，他是翻著山的「最美村醫」。

大陸《華西都市報》昨日報導，五十四歲的鄉村醫生陳永根從小在成都龍泉驛區山泉鎮紅花村長大，三歲時因患骨髓炎，左腿膝蓋以下截肢，依靠拐杖行走，因為從小遭受病痛的折磨，長大後立志學醫。

一九八一年他二十歲，從[illegible]衛生學校畢業後，選擇回到家鄉成為一名村醫。在此之前，紅花村沒有醫生，村民要看病，必須走十多里山路到山泉鎮上去。

紅花村位於龍泉山深處，村民居住分散，全村六百多戶一千六百多人分散居住在六平方公里範圍內，像他這樣出診，動輒要走上幾十里路，有人幫他算過，三十多年來至少走了十八萬里。

陳永根拄著拐杖出診，走遍村裡每個角落，拐杖每年都會走壞一根，在用鋁合金拐杖前，他自己用樹枝做拐杖，村民們都會主動幫他做拐杖，騎車或開車的村民，遇到他出診，也會主動載他一程。

一九八一年時二十歲
從龍泉衛生學校畢業
選擇回鄉成爲一名村醫

紅花村，藏於龍泉山深處
全村六百多户一千六百多人
散居於群山間
拄著拐杖行於危險山路
數十年來，出診走過的路有十八萬里
這傳奇形像，是龍泉山「最美村醫」

紅花村，四季都是春天
不是春天，也散發行善如春的芳香
四季有紅花手舞足蹈
招來蟲鳴鳥歌
讚頌這個深山裡的桃花源

陳永根，你一生都在苦磨自己的身子
讓別人得到健康

枯瘦的背影
帶給村民歡樂
讓自己山頭覆蓋厚厚的白雪
永不停止前行的獨腿
用一條腿向眾生宣示
懸壺濟世的使命
海可涸、石可爛、山可倒、天可荒
使命永恒不變

陳永根，我和你拉點關係
我們是老鄉，以你爲榮
我們有很多相似處
我也有自己的人生使命
海可涸、石可爛、山可倒、天可荒
我的使命永恒不變
至死不休
下輩子仍幹著相同而未完成的使命
很絕吧！
你我眞是夠絕、夠堅持了

大陸四川獨腳村醫陳永根，三十四年來出診走過十八萬里山路。
圖／取自騰訊大成網

人間福報 2015.8.4

【本報綜合報導】大陸四川省「獨腿村醫」陳永根，一身白衣、一根拐杖、一個藥箱，三十四年來來回回在崎嶇山路爲村民看病，這條出診路超過十八萬里。村民說，他是龍泉山的「最美村醫」。

大陸《華西都市報》昨日報導，五十四歲的鄉村醫生陳永根從小在成都龍泉驛區山泉鎮紅花村長大，三歲時因患骨髓炎，左腿膝蓋以下截肢，依靠拐杖行走。因爲從小遭受病痛的折磨，長大後立志學醫。

一九八一年他二十歲，從龍泉衛生學校畢業後，選擇回到家鄉成爲一名村醫。在此之前，紅花村沒有醫生，村民要看病，必須走十多里山路到山泉鎮上去。

紅花村位於龍泉山深處，村民居住分散，全村六百多戶一千六百多人分散居住在六平方公里範圍內。像他這樣出診，動輒要走上幾十里路，有人幫他算過，三十多年來至少走了十八萬里。

陳永根拄著拐杖出診，走遍村裡每個角落，拐杖每年都會走壞一根。在用鋁合金拐杖前，他自己用樹枝做拐杖，村民們都會主動幫他砍樹枝，騎車或開車的村民，看到他出診，也會主動載他一程。

謝海順行乞二十年拉拔八孤兒

詩頌謝海順行乞收養八孤兒

這個世界還眞是很奇妙
地老天荒，有的天不荒
海枯石爛，有的石不爛
有的海枯的快

眾人皆說
社會多麼無情、冷漠、可怕！
爲什麼安徽淮南有人行乞二十年
拉拔過八個孤兒
而縱橫兩岸的大資本家
心中無祖國的大商人郭台銘

2012.8.20. 人間福報

行乞20年 拉拔8孤兒

71歲謝海順 行乞有原則 多給不要 以微薄收入 養活一家

謝海順（中）的女兒說，父親是世界上最好的爸爸。 圖／取自網路

【本報綜合報導】大陸安徽淮南七十一歲的乞丐謝海順，曾是名大學生，因精神受刺激，行為有點反常，被當地人稱為謝傻子。但謝海順在過去二十多年裡，用乞討的錢，收養了八名棄兒，被稱為「義丐」。日前，兩名年輕人將謝海順的故事拍成了紀錄片，不少網友在看完後都表示被其中內容感動。

《揚子晚報》報導，謝海順先後收養了八個孩子，其中三個由於先天疾病沒有存活下來。但無論生活多麼艱難，謝海順堅持讓孩子讀書，只要孩子願意上學，他都支持；同時，他還照顧十幾年前摔傷後永遠也站不起來的老伴。現在，收養的兩個大女兒都已出嫁了，兩個小女兒正在讀小學，他收養的「癱瘓兒子」已經十四歲，生活完全要靠別人照料。謝海順還曾為救人出車禍，左腿被撞成殘疾，現在走路還一拐一拐的。

淮南人沈巧，讀小學時就曾看過謝海順乞討，當時他疑惑地問媽媽，為什麼乞討的人這麼多，民眾卻把錢給他？媽媽便把謝海順的義舉告訴他。「有一次，在跟沈巧的閒聊中，我無意間聽到謝傻子的故事，決定用拍攝紀錄片的方式，將他的故事記錄下來，來激勵更多的人。」中國傳媒大學南廣學院藝術設計學院的大三學生王啓輝與朋友沈巧便著手拍攝。王啓輝說，在跟拍的兩天時間裡，他無時無刻不被謝海順感動著。

謝海順行乞時很有原則，從不多拿，而且多給了他也不要。因為他曉得賺錢不容易，每次出門行乞只要能有那麼些微薄收入，他就已經很開心了。王啓輝說，在拍攝快要結束時，他們準備和謝海順告別，這時謝海順從口袋裡掏出一張皺巴巴的鈔票說「辛苦你們了，拍了這麼長時間，拿著，在路上買點吃的」。

「他真的是一個很淳樸、很善良的老人，儘管在別人眼裡他或許顯得有些『傻』，但在我們心裡他卻是那樣的高尚。這一百元（約新台幣四百七十元）對他而言算是一筆『巨款』，而他卻在我們快要離開時，毫不猶豫地給了我們，這也成了拍攝過程中令我們最難忘的一刻。」沈巧說。

有大錢揮灑，何曾收養過一個孤兒？？
這世界也太詭異了
有人形獸，有獸形人

謝海順，安徽淮南地區乞丐
供他們成長、上學
還要照顧不良於行的老伴
被人稱爲「義丐」
中國傳媒大學南廣學院藝術設計
大三學生王啓源和好友沈巧
將謝海順故事拍成記錄片
感動並激勵了很多人

生命是一個載體
像一部列車，行駛於三世業海中
你的列車上裝滿了什麼？
許多鈔票或義行善舉
千山獨行

1個傻瓜的故事

2012.8.30. 人间福报

行乞20年 拉拔8孤兒

71歲謝海順 行乞有原則 多給不要 以微薄收入 養活一家

謝海順（中）的女兒說，父親是世界上最好的爸爸。 圖／取自網路

【本報綜合報導】大陸安徽淮南七十一歲的乞丐謝海順，曾是名大學生，因精神受刺激，行爲有點反常，被當地人稱爲謝傻子。但謝海順在過去二十多年裡，用乞討的錢，收養了八名棄兒，被稱爲「義丐」。日前，兩名年輕人將謝海順的故事拍成了紀錄片，不少網友在看完後都表示被其中內容感動。

《揚子晚報》報導，謝海順先後收養了八個孩子，其中三個由於先天疾病沒有存活下來。但無論生活多麼艱難，謝海順堅持讓孩子讀書，只要孩子願意上學，他都支持；同時，他還照顧十幾年前摔傷後永遠也站不起來的老伴。現在，收養的兩個大女兒都已出嫁了，兩個小女兒正在讀小學，他收養的「癱瘓兒子」已經十四歲，生活完全要靠別人照料。謝海順還曾爲救人出車禍，左腿

萬般帶不走，只有業相隨

謝海順，你的生命列車
裝滿了善業功德，裝著許多人的愛
比那大資本家們富有太多了

你的義行
必將穿透時空
在歷史上發光發熱
在安徽淮南地區成爲永恒的傳奇故事
許多爸爸媽媽們的牀邊故事

謝海順，你是改變命運的能手
你把行乞提昇到「義」的層級
此乃人世間的大愛
你已超凡，成爲大愛之化身
並向世人以身說法
菩薩道當如是

被撞成殘疾，現在走路還一拐一拐的。

淮南人沈巧，讀小學時就曾看過謝海順乞討，當時他疑惑地問媽媽，爲什麼乞討的人這麼多，民衆卻把錢給他？媽媽便把謝海順的義舉告訴他。「有一次，在跟沈巧的閒聊中，我無意間聽到謝傻子的故事。決定用拍攝紀錄片的方式，將他的故事記錄下來，來激勵更多的人。」中國傳媒大學南廣學院藝術設計學院的大三學生王啓源與朋友沈巧便著手拍攝，王啓源說，在跟拍的兩天時間裡，他無時無刻不被謝海順感動著。

謝海順行乞時很有原則，從不多拿，而且多給了他也不要，因爲他覺得賺錢不容易，每次出門行乞只要能有那麼些微薄收入，他就已經很開心了。王啓源說，在拍攝快要結束時，他們準備和謝海順告別，這時謝海順從口袋裡掏出一張皺巴巴的鈔票說「辛苦你們了，拍了這麼長時間，拿著，在路上買點吃的」。

「他真的是一個很淳樸、很善良的老人，儘管在別人眼裡他或許顯得有些『傻』，但在我們心裡他卻是那樣的高尙。這一百元（約新台幣四百七十元）對他而言算是一筆『巨款』，而他卻在我們快要離開時，毫不猶豫地給了我們，這也成了拍攝過程中令我們最難忘的一刻。」沈巧說。

大老闆杜光華捨命救員工

詩頌大老闆杜光華捨命救員工

是誰說富翁進天國
如駱駝穿過針孔
現在就有浙江的大富翁杜光華
捨身命救員工
應已進了天國享受
不，他進的不是天國
他進的是西方極樂世界
離佛、菩薩最近的地方
修行並永享清福

杜光華，浙江省永康市五金批發商人

富翁救人喪命 市民自發祭奠

2012.12.28.

浙江31歲老闆 跳河救落水員工 捨身為人 鄰居緬懷：可歌可泣

【本報綜合報導】中國大陸浙江一名身家過億的八〇後老闆，請員工聚餐，一名員工醉酒墜河，他奮不顧身下水救人，最後員工獲救，他自己卻不幸溺斃。億萬富翁捨身救人的事蹟震動全城，當地百姓自發前往祭奠，放上白菊花，向這位年僅三十一歲的老闆致以敬意。

人間福報

據《浙江日報》報導，男子杜光華在浙江省永康市經營五金批發生意，日前邀請員工到市區一家餐館吃火鍋。在回家路上，一名剛到公司上班的趙姓員工不慎失足墜河，杜光華見狀，趕緊叫其他員工到火鍋店求救，自己則跳入河裡救人。目擊者表示，杜光華跳進水裡後，立即拉著那名墜河員工，並托著他的頭拚命游往岸邊。

火鍋店的員工稍後趕抵，許姓廚師亦跳進河裡參與拯救，但由於趙姓員工較重，加上不熟水性，讓拯救過程困難。最後，在岸上眾人合力下，才將趙男慢慢拖上岸，送醫院救治。

當天晚間九時，當地警察、消防員接報到場，因杜光華沒有上岸，他們在出事河流及下游搜尋未果，直到次日淩晨，杜光華的遺體才被發現。

鄰居說，杜光華原先跟父母做生意，婚後才自立門戶當老闆。他脾氣隨和，愛說愛笑，是個親和、實在、勤勞和樂於助人的老闆。員工平時都稱他為「華哥」。近來杜光華的生意愈做愈大，身家上億，仍生活簡約淡泊。天寒地凍他跳下水救人，完全是「以義相助」、「可歌可泣」。

報導指出，杜光華捨身救人的義舉引起強烈回響，連日來，大批市民自發來到他救人現場的橋邊，送上白菊花，在河邊默哀，祭奠這位好老闆。

身價億萬的大富翁
年輕有爲，生活簡約，人稱「華哥」
一趟姓員工失足墜河
大老闆竟率先跳水救人
不幸未能活著上岸

杜光華捨身救人義行
引起強烈回響
以義相助，可歌可泣
大批市民自發來祭奠這位好老闆

飛蛾撲火的生命意義何在？
生命的價值何在？
隕石爲何要撞地球？
引燃瞬間的光熱就是自我實現嗎？
流星瞬間光華
就是年輕捨身救人的杜光華嗎？
你的瞬息來世一遊太短暫了

浙江31歲老闆 跳河救落水員工 捨身為人 鄰居緬懷：可歌可泣

【本報綜合報導】中國大陸浙江一名身家過億的八〇後老闆，請員工聚餐，一名員工醉酒墜河，他奮不顧身下水救人，最後員工獲救，他自己卻不幸溺斃。億萬富翁捨身救人的事蹟震動全城，當地百姓自發前往祭奠，放上白菊花，向這位年僅三十一歲的老闆致以敬意。

據《浙江日報》報導，男子杜光華在浙江省永康市經營五金批發生意，日前邀請員工到市區一家餐館吃火鍋。在回家路上，一名剛到公司上班的趙姓員工不慎失足墜河，杜光華見狀，趕緊叫其他員工到火鍋店求救，自己則跳入河裡救人。目擊者表示，杜光華跳進水裡後，立即拉著那名墜河員工，並托著他的頭拚命游往岸邊。

火鍋店的員工稍後趕抵，許姓廚師亦跳進河裡參與拯救，但由於趙姓員工較重，加上不熟水性，讓拯救過程困難。最後，在岸上眾人合力下，才將趙男慢慢拖上岸，送醫院救治。

當天晚間九時，當地警察、消防員接報到場，因杜光華沒有上岸，他們在出事河流及下游搜尋未果，直到次日凌晨，杜光華的遺體才被發現。

鄰居說，杜光華原先跟父母做生意，婚後才自立門戶當老闆。他脾氣隨和，愛說愛笑，是個親和、實在、勤勞和樂於助人的老闆。員工平時都稱他為「華哥」。近來杜光華的生意愈做愈大，身家上億，仍生活簡約淡泊。天寒地凍他跳下水救人，完全是「以義相助」、「可歌可泣」。

報導指出，杜光華捨身救人的義舉引起強烈回響，連日來，大批市民自發來到他救人現場的橋邊，送上白菊花，在河邊默哀，祭奠這位好老闆。

難到你以身說法
一剎那便是永恒
我愚痴
唯佛能知吧！

無論如何
你選擇不上此岸
必已自度到了彼岸
留給家人朋友員工的許多感傷
時間會加以醞釀
醞釀一部傳奇故事
在浙江永康永久流傳

而你，救人一命勝造七級佛塔
早已超過修行千年的僧人
功德無量啊

小老闆周江疆入火海救員工犧牲

詩頌小老闆周江疆捨身救員工

你才二十八歲
雖是捨命救人而犧牲
是一種偉大的情操
我心中卻很複雜
不知該如何詮釋你的偉大義行

你是一朵自我燃燒的火焰
在危急中仍平靜的燃燒
「我年輕，個頭也大
你們都留這兒別動，我去！」
安靜，閃著親切的光

「我年輕，個頭大，我去！」

2012.7.5. 人間福報

2度入火海 救10員工

公司宿舍祝融 28歲小老闆 捨命救人 網友讚英雄

二十八歲的周江疆為救員工，兩度衝進火海，不幸犧牲。圖／新華社

【本報綜合報導】大陸山東煙台開發區一家公司宿舍發生火災，年僅二十八歲的公司總經理周江疆為救員工，兩度衝進火海，最後，十名員工全部獲救了，但他卻倒在火海中。

員工回憶，發現火災後，周江疆一躍而起迅速向樓下跑去，但他突然意識到宿舍內熟睡的同事，隨即返身，衝進火海，一邊拍打房門，一邊大聲呼喊，「著火啦，快起來！」睡夢中被驚醒的同事紛紛逃生。

當周江疆敲遍所有的門，第二次下樓後，發現還有兩名員工被困在樓上。「我年輕，個頭也大，你們都留這兒別動，我去！」他不顧眾人阻攔，再次衝進濃濃黑煙中，很快，又有一名被困員工順利逃生。

趕到火災現場的開發區消防大隊長江路中隊副中隊長楊東穎說，得知還有周江疆和員工仇彩萍兩人被困，立即展開救援，先找到並救出仇彩萍。消防隊員經過全力搜索終於發現周江疆，並立即進行搶救。但是，年輕的心還是停止了跳動。

有如點燃很多燈
要照亮一個宇宙
你在火中燒煉
似乎就要把肉身化成一陣煙

你才二十八歲
你一定還有人間未完的夢想
故事還沒寫完
也許序言才開始
你就頓然而去
你是菩薩示現來向眾生說法
世間無常
一切有爲法，如夢幻泡影
如露亦如電，應作如是觀
小老闆周江疆如是說

公司宿舍祝融 28歲小老闆 捨命救人 網友讚英雄

二十八歲的周江疆爲救員工，兩度衝進火海，不幸犧牲。　圖／新華社

【本報綜合報導】大陸山東煙台開發區一家公司宿舍發生火災，年僅二十八歲的公司總經理周江疆爲救員工，兩度衝進火海，最後，十名員工全部獲救了，但他卻倒在火海中。

員工回憶，發現火災後，周江疆一躍而起迅速向樓下跑去，但他突然意識到宿舍內熟睡的同事，隨即返身，衝進火海，一邊拍打房間，一邊大聲呼喊，「著火啦，快起來！」睡夢中被驚醒的同事紛紛逃生。

當周江疆敲遍所有的門，第二次下樓後，發現還有兩名員工被困在樓上。「我年輕，個頭也大，你們都留這兒別動，我去！」他不顧眾人阻攔，再次衝進濃濃黑煙中，很快，又有一名被困員工順利逃生。

趕到火災現場的開發區消防大隊長江路中隊副中隊長楊東曉說，得知還有周江疆和員工仇彩萍兩人被困，立即展開救援，先找到並救出仇彩萍。消防隊員經過全力搜索終於發現周江疆，並立即進行搶救。但是，年輕的心還是停止了跳動。

半癱童顏玉宏，倒立走上學

詩頌半癱童顏玉宏倒立走上學

顏玉宏小朋友，你這樣子叫走路嗎？
看了讓人想哭
這畫面又那麼震撼
像一座倒立的山
倒立而行的山岳
在此之前的幾千年人類歷史
從未有過用倒立走上學的小朋友
你這樣的精神空前絕後

顏玉宏一歲時發高燒
宜賓市屏山縣屏山鎮蔣壩村醫療差

半癱男童 倒立走上學

10歲顏玉宏4年來 每天3小時 摔倒後爬起來繼續走 課堂中找到自信

人間福報 2012.9.19.

顏玉宏爬累了摔倒，摔倒後仍爬起來繼續「走」，讓人心疼。 圖／取自網路

【本報綜合報導】倒立著用手走、爬著走、杵著拐杖走……咬牙堅持三個多小時，才能「走」完上學的路，這是大陸宜賓市屏山縣屏山鎮蔣壩村的農村小孩顏玉宏每天必經過程，他今年才剛滿十歲，這樣上學已風雨無阻地堅持了四年多。

顏玉宏還沒滿一歲時發高燒，因家庭貧困，經濟條件和醫療水平有限，導致錯過了最佳治療時機，後病情加重成小兒麻痺，下半身癱瘓。為了替他醫病，十年來，家人從沒放棄，仍說沒到處求醫。他的上學路要比正常孩子艱辛，所以他要起得早，早上七時十五分，顏玉宏拄著拐杖，姐姐拿著兩人書包，跟奶奶一家三人出發上學。有一條必經之路在窄滑的田坎路上，奶奶背著顏玉宏走，走上公路後，他擔心奶奶累，便叫奶奶放下來讓他自己走。奶奶每天除了接送孫子讀書，還要做農活。如今年紀大，已經快背不動他了，「我只希望孫子能多讀書，將來能養活自己。」想著孫子的未來，奶奶李國香含著眼淚。

顏玉宏走路方式有幾種，倒立用手走、爬著走、拄著拐杖走，他總是不要人幫忙。倒著走時路上有很多小石子，手磨痛了就把鞋子套在手上繼續走，實在走不動了才讓奶奶背。經過一個多小時艱難行走，他終於到學校，而放學回家又要重複同樣過程。

上午九時，老師檢查作業，顏玉宏全部完成了。當老師抽讀生字時，他聲音響亮地回答，這也是顏玉宏最高興的時候，因為坐著沒人知道他行動不便，也能在課堂上找到自信。一到下課，上廁所就成問題，同班同學都會主動背他，但顏玉宏為了不麻煩同學，總是在幾節課後才去一次廁所。

平時村民在路上遇到他，都會背或用摩托車載他。鄰居也說，他爬累了會摔倒，但摔倒後就爬起來繼續「走」，讓人心疼。當地政府了解顏玉宏的情況後，為他辦理身心障礙手冊，方便他求學和就醫，相關部門還將積極為他爭取更多幫助，也已申請輪椅。

導致小兒麻痺，下半身癱瘓
小朋友堅持要上學
倒立走路，也一定要上學
或爬著「走」也要爬到學校

你的生命形態
就是一場堅苦的長期戰爭
你從小懂得打仗
就戰勝了自己，眞是了不起
顏玉宏，你要知道
人生最大的敵人就是自己
能戰勝自己，必能戰勝一切
自助天助
你能自立自強
未來必能得到許多外緣幫助

顏玉宏爬累了摔倒，摔倒後仍爬起來繼續「走」，讓人心疼。圖／取自網路

【本報綜合報導】倒立著用手走、爬著走、柃著拐杖走……咬牙堅持三個多小時，才能「走」完上學的路，這是大陸宜賓市屏山縣屏山鎮蔣壩村的農村小孩顏玉宏每天必經過程，他今年才剛滿十歲，這樣上學已風雨無阻地堅持了四年多。

顏玉宏還沒滿一歲時發高燒，因家偏遠，經濟條件和醫療水平有限，導致最後病情加重成小兒麻痺，下半身癱瘓。爲了替他醫病，十年來，家人從沒放棄，仍設法到處求醫。他的上學路要比正常孩子艱辛，所以他要起得早；早上七時十五分，顏玉宏拄著拐杖、姐姐拿著兩人書包，跟奶奶一家三人出發上學。奶奶背著顏玉宏走；走上公路後，他擔心奶奶累，便叫奶奶放下來讓他自己走。奶奶每天除了接送孫子讀書，還要做農活。如今年紀大，已經快背不動他了，「我只希望孫子能多讀書，將來能養活自己。」一想著孫子的未來，奶奶李國香含著眼淚。

顏玉宏走路方式有幾種，倒立用手走、爬著走、拄著拐杖走，他總是不要人幫忙。倒著走時路上有很多小石子，手磨痛了就把鞋子套在手上繼續走，實在走不動了才讓奶奶背。經過一個多小時艱難行走，他終於到學校；而放學回家又要重複同樣過程。

上午九時，老師檢查作業，顏玉宏全部完成了。當老師抽讀生字時，他聲音響亮地回答，這也是顏玉宏最高興的時候，因爲坐著沒人知道他行動不便，也能在課堂上找到自信。一到下課，上廁所就成問題；同班同學都會主動背他，但顏玉宏爲了不麻煩同學，總是在幾節課後才去一次廁所。

平時村民在路上遇到他，都會背或用摩托車載他；鄰居也說，他爬累了會摔倒，但摔倒後就爬起來繼續「走」，讓人心疼。當地政府了解顏玉宏的情況後，爲他辦理身心障礙手冊，方便他求學和就醫。相關部門還將積極爲他爭取更多幫助，也已申請輪椅。

忠犬拉車助身障主人賣糖葫蘆

詩頌忠犬拉車助身障主人賣糖葫蘆

兩位可敬的老兄
你們自食其力，相依爲命
你們看起來貧窮
似乎也不缺、無憂、快樂
各自展演生命的熱力
人生犬生依然燦爛如一棵青松
經得起風雨摧打
生命在散發平等的感動
這就是生命的美麗
不分是人是犬
這隻小犬看起來很懂事

像是許多乖孩子
會幫爸媽做家事
你沒有笑一下，或許工作累了
你的忠心耿耿
顧客都很感動
吃起你賣的糖葫蘆更加香甜

大黃，你就和主人安靜生活
不須野外覓，也不要成家立業
你們日出而作，日落而息
從此以後快樂過日子
比很多有錢的大爺
還要幸福美滿
比那些當總統、總理的快樂多了
這樣的人生犬生
夫復何求！

忠犬拉車
糖葫蘆甜入心

在大陸吉林省長春市一條繁華的街上，一隻小狗幫助身障的主人拉車賣糖葫蘆。一人一狗相依爲命的畫面，成爲長春冬日街頭一道感人的風景。

主人表示，雖然他身障且貧窮，並不想靠別人救濟度日，因此學會做糖葫蘆，並以此自食其力。而他養的這隻小狗「大黃」也對主人不離不棄，每日都會幫主人拉車外出賣糖葫蘆。受到牠的忠心耿耿所感動，顧客覺得糖葫蘆吃起來更加香甜。

圖／本報香港傳真

方信翔、姚彩瑩圓夢

詩頌方信翔、姚彩瑩圓夢

夢，是神奇的生物
只要有夢
夢，會長出翅膀
長出腳，長出手
時間以不仁不義考驗
夢無所畏懼
反而長出強大力量
故能圓夢
夢圓

方信翔、姚彩瑩

重殘生圓夢 方信翔 姚彩瑩 獲頒勤奮向學獎

【人間社記者劉家均嘉義大林報導】昨天舉行的南華大學畢業典禮中，最受矚目的「勤奮向學獎」頒給文學系方信翔、幼教系姚彩瑩。方信翔從小罹患脊髓性肌肉萎縮症，但他勇於面對挑戰，大四時還騎乘電動輪椅分段環島旅行；姚彩瑩克服視力障礙，以積極進取態度學習，兩人獲獎絕非倖致。

方信翔無法站立、走路，在校四年成績優異，曾擔任資源教室學生會總召，還帶領特教生參加戶外活動，目前正積極籌設「嘉義市新活力自立生活協會」，希望未來能與嘉義市脊椎損傷者協會合作，共同推動「個人助理」方案，讓有能力的身障者能克服心理障礙，獨立自主過活，更進而服務需要協助的其他身障者。

視障生姚彩瑩在校期間除熱心參與服務性社團，還協助有特殊教育需求的學弟妹適應學校生活，也至鄰近小學協助課業輔導、團康活動。

姚彩瑩主修幼教、輔修社工，已通過國科會大學生參與專題研究計畫，同時甄試考上應用社會學系社會學碩士班，希望未來朝專業社工發展。

校方昨天也頒發「社團貢獻獎」及「為校爭光獎」給傳播系畢業生黃義倫、馬來西亞籍的黃漢喻，在台求學期間，不僅活躍於社團活動，更積極參與校外競賽，曾經獲內政部「台灣心故鄉」國際歌唱比賽個人組冠軍、入圍教育廣播電台第八屆「金聲獎」等。

南華大學畢業典禮，文學系方信翔（右）、幼教系姚彩瑩（左）拿到最受矚目的「勤奮向學獎」。　圖／人間社記者劉家均

此刻你們已經圓了夢
但若你們不緊握著夢
夢，也會跑掉的
牠是一隻神奇又頑皮的生物
這種生物如海浪，來來去去
又如天上星星，時有時無
牠最大的弱點
最怕那種永不放棄的人
所以你們這輩子
若堅持下去，永不放棄
那一個個夢無處可逃
你們可以圓出一個個美夢
永遠有夢

生命短暫、苦海無邊
但只要有夢
可以拉長生命到久遠
可以拉高生命到極頂之峰

重殘生圓夢 方信翔 姚彩瑩 獲頒勤奮向學獎

【人間社記者劉家均嘉義大林報導】昨天舉行的南華大學畢業典禮中，最受矚目的「勤奮向學獎」頒給文學系方信翔、幼教系姚彩瑩。方信翔從小罹患脊髓性肌肉萎縮症，但他勇於面對挑戰，大四時還騎乘電動輪椅分段環島旅行；姚彩瑩克服視力障礙，以積極進取態度學習，兩人獲獎絕無倖致。

方信翔無法站立、走路，在校四年成績優異，曾擔任資源教室學生會總召，還帶領特教生參加戶外活動，目前正積極籌設「嘉義市新活力自立生活協會」，希望未來能與嘉義市脊椎損傷者協會合作，共同推動「個人助理」方案，讓有能力的身障者能克服心理障礙，獨立自主過活，更進而服務需要協助的其他身障者。

視障生姚彩瑩在校期間除熱心參與服務性社團，還協助有特殊教育需求的學弟妹適應學校生活，也至鄰近小學協助課業輔導、團康活動。

姚彩瑩主修幼教、輔修社工，已通過國科會大學生參與專題研究計畫，同時甄試考上應用社會學系社會學碩士班，希望未來朝專業社工發展。

校方昨天也頒發「社團貢獻獎」及「為校爭光獎」給傳播系畢業生黃羨喻。馬來西亞籍的黃羨喻，在台求學期間，不僅活躍於社團活動，更積極參與校外競賽，曾經獲內政部「台灣心故鄉」國際歌唱比賽個人組冠軍、入圍教育廣播電台第八屆「金聲獎」等。

拉寬生命至宇宙之外
有夢能化苦爲樂
甚至到達不生不滅的境界
只要你勇於追夢

方信翔、姚彩瑩
吾國大詩人李白說
天生我才必有用
你們天生就是造夢者
當夢跑了，走遠了！
或跟人私奔
別怕！不須追，只要造夢
再造一個大夢
當一個造夢者、織夢家
是你們這輩子的天命
此生之天職
堅持自己所追求的夢想
完成人生的自我實現吧

陳斌強：兒時母背我，今日我背母

母愛，詩頌陳斌強背失智母上班

媽媽辛苦把我養大
當年她用這個背帶背我
現在我背她
要照顧她一輩子

陳斌強，這條背帶
正是你和母親連結的臍帶
父母的血脈仍在這條帶子裡流通
如永不止息的長江黃河水
流向無盡的未來

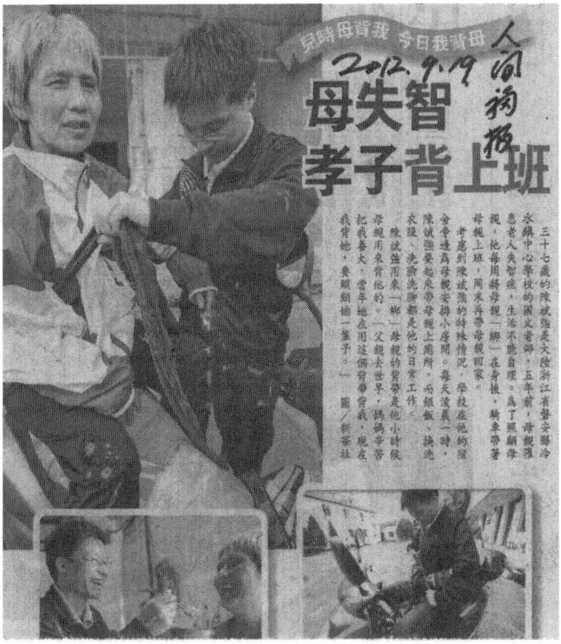
兒時母背我　今日我背母

2012.9.19 人間福報

母失智
孝子背上班

三十七歲的陳斌強是大陸浙江省磐安縣冷水鎮中心學校的國文老師。五年前，母親罹患老人失智症，生活不能自理。為了照顧母親，他每周將母親「綁」在身後，騎車帶著母親上班，周末再帶母親回家。

考慮到陳斌強的特殊情況，學校在他的宿舍旁邊為母親安排小房間。每天清晨一時，陳斌強要起來帶母親上廁所，而餵飯、換洗衣服、洗臉洗腳都是他的日常工作。

陳斌強用來「綁」母親的背帶是他小時候母親用來背他的。「父親去世早，媽媽辛苦把我養大，當年她在用這個背帶背我，現在我背她，要照顧她一輩子。」　國／新華社

陳斌强，浙江磐安縣冷水鎮
中心學校的國文老師
你背著失智的媽媽上學
餵飯、換洗衣服、洗臉洗腳、上廁所
你是孝子中的孝子
古人說，讀聖賢書，所學何事？
我在你身上看見了
你以身說法
母愛的偉大，無論如何回饋仍是不足的

歲月無情的巨輪
奪走母親的記憶
奪不走對兒子的回憶
媽媽的笑容
代表了一切

媽媽一生辛苦養育孩子
您的夫君，我的父親早逝

三十七歲的陳斌強是大陸浙江省磐安縣冷水鎮中心學校的國文老師，五年前，母親罹患老人失智症，生活不能自理。為了照顧母親，他每周將母親「綁」在身後，騎車帶著母親上班，周末再帶母親回家。

考慮到陳斌強的特殊情況，學校在他的宿舍旁邊為母親安排小房間。每天淩晨一時，陳斌強要起來帶母親上廁所，而餵飯、換洗衣服、洗臉洗腳都是他的日常工作。

陳斌強用來「綁」母親的背帶是他小時候母親用來背他的。「父親去世早，媽媽辛苦把我養大，當年她在用這個背帶背我，現在我背她，要照顧她一輩子。」　圖／新華社

年老的您
依舊守著老家
許多的孤獨、許多的牽掛
仍在媽媽心頭
也在孩兒的心頭

兒時許多甜美的回憶
填滿心頭
無窮思念
可愛的媽媽，您放心
孩兒一輩子守著妳
背著妳，走到那裡都背著妳
永遠背著也不累
因爲背著的
正是媽媽的愛

新疆皮里村學童的上學路

詩頌新疆皮里村學童的上學路

這是路嗎？
看不見世路
應該是電影上冒險家要征服的險途
或登山家視爲要命的
懸崖峭壁
這麼小的孩子
這是你們每日要經過的上學路
想來，你們的求知欲之高
必高過這座山峰吧
你們才是小學生

人間福報
2011.12.5
懸崖峭壁 驚險上學路
路僅腳掌寬 新疆皮里村學童拉繩互助前進 求知欲強

心中已是大無畏
在未來的未來
有更多險途
你們必能一一克服

你們現在有如此強大的求知欲
很令所有的大人們佩服
但你們知道求得知識做何用嗎
記得，除了自己的事業家庭
知識的力量得以保障
也要對自己的國家社會和民族
做出貢獻
這才是生命的意義和價值
若只爲一己謀利
人生是白來了

忻玲娥阿嬤縫鞋，暖五百老人腳

詩頌忻玲娥阿嬤縫鞋暖五百老人腳

這位忻玲娥阿嬤
妳說妳是紡織女工退休
我看妳現在有了新職稱
應該叫慈善家
妳縫的鞋溫暖許多老人的腳
破的鞋留自己穿
好的溫暖鞋送孤獨老人穿
妳這慈悲心
定是觀世音菩薩轉世

忻玲娥，上海市楊浦區七十七歲婦人

阿嬤縫鞋 暖500老人腳

人間福報 2013.1.29.

見盲人感恩一遍遍摸鞋 陸退休女工感動 趕製發送 自己穿破鞋

【本報綜合報導】中國大陸上海市楊浦區七十七歲婦人忻玲娥兩年多來手工編織近五百雙棉拖鞋，全送給孤獨老人，自己卻穿著破鞋，令民眾直呼：「阿婆手藝好，心腸更好！」

忻玲娥以前是紡織女工，退休後把編織、縫紉當成樂趣，織毛衣和拖鞋給家人穿。

孫輩陸續長大成人，讓忻玲娥感慨手藝漸漸「無用武之地」，直到她看見一位盲眼的老人在寒風中穿著塑膠涼鞋，她心裡不捨，連忙翻出一雙自己做的拖鞋，送到老人手中。

老人看不見，但一遍遍摸著溫暖的拖鞋，感謝之情顯露在臉上，令忻玲娥心頭也暖了起來。

忻玲娥興起編織拖鞋贈送老人的念頭，在老伴鄭朽年支持下，兩年來她製作了近五百雙拖鞋，全送了出去。

起初，忻玲娥只在自己住的樓裡贈送，慢慢拓展到全社區，後來甚至有外地人慕名而來，渴望拿到她製作的拖鞋。

忻玲娥的「溫暖牌」拖鞋做工細、口碑好，吸引年輕人向她購買，甚至主動幫她訂了約新台幣一百五十元「行情價」，但被她拒絕了，「只送不賣」。

忻玲娥的「工作室」其實只是陽台一角，擺放一台老式縫紉機、一批批鞋底材料和毛線等。她說，製作一雙拖鞋要花一至兩天，幸好鄭朽年全力支持她，幫忙搬材料、捲毛線等，像個「小助手」。

從紡織女工退休後
在家以編織、縫紉爲樂趣
某日，在寒風中
見一盲眼老人只穿塑膠涼鞋
心中不捨
拿出自己縫的鞋送到老人手中
老人感謝之情顯露在臉上
忻玲娥心頭也感到一陣溫暖
在老伴鄭朽年支持下
開始了縫鞋贈給老人的慈善大業
至今已送出五百双自己縫製的鞋給老人家
有人出價要買
忻玲娥聲明：只送不賣

妳的心是媽媽心
妳的心是菩薩心
無緣大慈，同體大悲
卻平凡如太陽晒過的被子

【本報綜合報導】中國大陸上海市楊浦區七十七歲婦人忻玲娥兩年多來手工編織近五百雙棉拖鞋，全送給孤獨老人，自己卻穿著破鞋，令民眾直呼：「阿婆手藝好，心腸更好！」

忻玲娥以前是紡織女工，退休後把編織、縫紉當成樂趣，織毛衣和拖鞋給家人穿。

孫輩陸續長大成人，讓忻玲娥感慨手藝漸漸「無用武之地」，直到她看見一位盲眼的老人在寒風中穿著塑膠涼鞋，她心裡不捨，連忙翻出一雙自己做的拖鞋，送到老人手中。

老人看不見，但一遍遍摸著溫暖的拖鞋，感謝之情顯露在臉上，令忻玲娥心頭也暖了起來。

散發淡淡芳香
蓋在身上，暖在心扉
妳的鞋穿起來
全身都暖

阿嬤的大愛
是一片片灑在大地的陽光
更是孤獨老人冬天的太陽
妳給一個老人陽光
是給他一份希望
無限的溫馨

這種愛是會自動長腳的
不須多久
走進社會各個角落
傳播阿嬤的善行
會潛移默化改變社會的體質
改變公權力的方向

忻玲娥興起織拖鞋贈送老人的念頭，在老伴鄭朽年支持下，兩年來她製作了近五百雙拖鞋，全送了出去。

起初，忻玲娥只在自己住的樓裡贈送，慢慢拓展到全社區，後來甚至有外地人慕名而來，渴望拿到她製作的拖鞋。

忻玲娥的「溫暖牌」拖鞋做工細、口碑好，吸引年輕人向她購買，甚至主動幫她訂了約新台幣一百五十元「行情價」，但被她拒絕了，「只送不賣」。

忻玲娥的「工作室」其實只是陽台一角，擺放一台老式縫紉機、一批批鞋底材料和毛線等。她說，製作一雙拖鞋要花一至兩天，幸好鄭朽年全力支持她，幫忙搬材料、捲毛線等，像個「小助手」。

史浪背癱瘓同學上下學

詩頌史浪背癱瘓同學上下學

史浪同學，你才黔西縣世傑中學高一學生
就對同班身障生有同理心
並主動爲身障者服務
實在是眾生中極少見好種
年輕的心已散發慈悲、大愛之善舉

等你上了貴州盛華職業學院
四年來
你充當身障者的「双腿」和「双眼」
背癱瘓同學上下學
「你是我的眼，帶我領略四季的變換

【新華社電】「你是我的眼，帶我領略四季的變換，你是我的眼，帶我穿越擁擠的人潮，你是我的眼，讓我看見，這世界就在我眼前。」歌手蕭煌奇這首感人的歌，正在大陸貴州一名平凡的大學生身上上演。

二十歲的史浪，是貴州盛華職業學院的學生，在過去的四年中，他充當同學的「雙腿」和「雙眼」。二〇〇八年，史浪就讀黔西縣世傑中學高一時，開學第一天，發現班上有位雙腿癱瘓的同學鄧永華，這天放學後，同學都有說有笑地去吃飯了，在史浪也準備離開教室的那一刻，他看到鄧勇華一個人坐在空蕩蕩的教室裡，掙扎著試圖站起來，想和其他正常的同學一樣，一起排隊吃飯，一起散步聊天，但發抖的雙腿根本沒有一點力量，無法站起來，只能無奈的一個人望著窗外發呆。

你是我的眼，帶我穿越擁擠的人潮
你是我的眼，讓我看見
這世界就在我眼前」
蕭煌奇感人的歌
正在史浪身上展演者

一顆善心的種子正在成長
這是一個社會的春天
那些走失的惡，會回來
種子長大又散播種子
種子夠多，氣氛也會澎湃

社會如果有很多冷漠
會滅掉很多燈火
沒有了燈火
就是冰河時代來臨
大家都別過了
要向史浪學習，讓自己成爲一盞燈
大家都能照亮一個世界
讓四周的身障者也有點希望

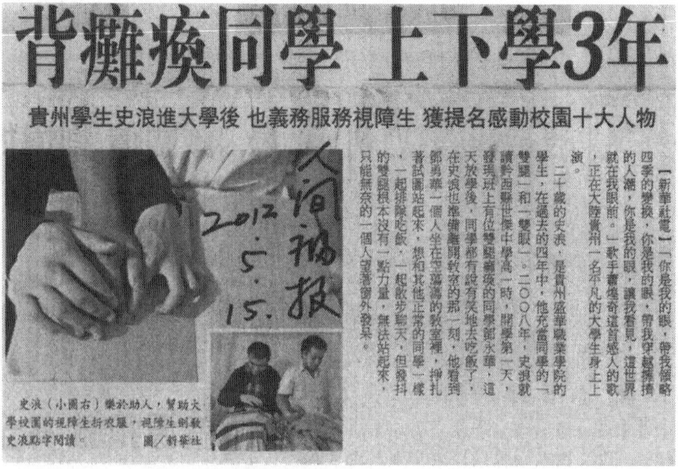

背癱瘓同學 上下學3年

貴州學生史浪進大學後 也義務服務視障生 獲提名感動校園十大人物

【新華社電】「你是我的眼，帶我領略四季的變換，你是我的眼，帶我穿越擁擠的人潮，你是我的眼，讓我看見，這世界就在我眼前。」歌手蕭煌奇這首感人的歌，正在大陸貴州一名平凡的大學生身上上演。

二十歲的史浪，是貴州盛華職業學院的學生，在過去的四年中，他充當同學的「雙腿」和「雙眼」。二○○八年，史浪就讀黔西縣世傑中學高一時，開學第一天，發現班上有位雙腿癱瘓的同學鄧永華，這天放學後，同學都有說有笑地去吃飯了，在史浪也準備離開教室的那一刻，他看到鄧勇華一個人坐在空蕩蕩的教室裡，掙扎著試圖站起來，想和其他正常的同學一樣，一起排隊吃飯，一起散步聊天，但發抖的雙腿根本沒有一點力量，無法站起來，只能無奈的一個人望著窗外發呆。

史浪（小圖右）樂於助人，幫助大學校園的視障生折衣服，視障生則教史浪點字閱讀。 圖／新華社

這樣的日子才有意義
這樣的人生
是多麼有價值

史浪才小小的年紀
已散發生命的光輝
你神異的光采
就是天使
就是菩薩轉世，來向眾生說法：
無緣大慈，同體大悲
何況同班同學
鐵定是幾百年修來的緣

史浪，小小年紀
你就懂得把握因緣法
這可是二千多年前佛陀悟道的第一個法
我相信，漫長的人生旅程
你仍將以身說法
傳揚宇宙眞理——緣起法

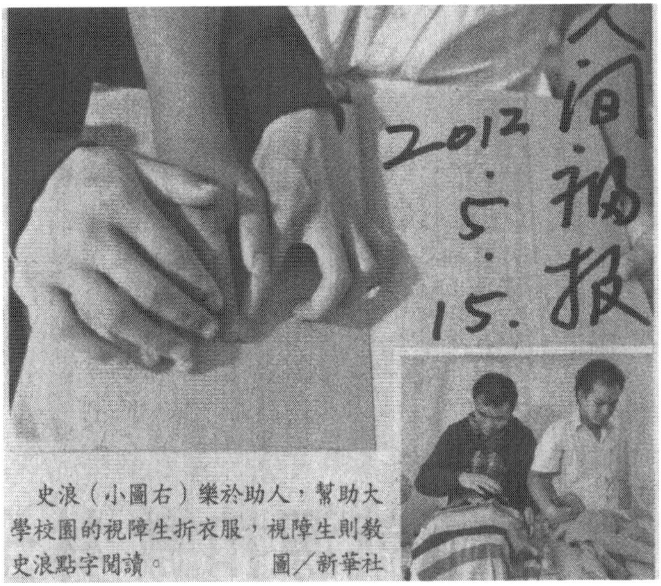

史浪（小圖右）樂於助人，幫助大學校園的視障生折衣服，視障生則教史浪點字閱讀。　圖／新華社

人性的光輝，龍美豔家族

詩頌龍美豔家族的光輝

把一個外面非親非故
患有先天性智能障礙，不會說話
雙腳不良於行，生活不能自理
衣衫襤褸趴在地上吃東西的
啞巴，帶回家
從此，三代人照顧著「啞巴叔」
這是人性光輝的終極
終極之愛
人世間最稀有之愛
發生在神州大地廣西桂林市的龍美豔家
這真的是龍的傳奇

不離棄 三代人照顧啞巴叔

人間福報 2012.12.6.

龍美豔（右）把啞巴叔（中）當家人，三代照顧他幾十年。圖／本報香港傳真

【本報綜合報導】龍美豔是大陸廣西桂林市龍勝各族自治縣馬堤鄉美孝村普通農村婦女，但她和家人卻有著不普通的義舉：幾十年來三代人照顧「啞巴叔」龍奇軍不離不棄，龍美豔因此獲得縣級「敬老之星」榮譽。

「啞巴叔」龍奇軍不到十八歲就成了孤兒，且患有先天性智能障礙，不會說話，雙腳不便行走，生活無法自理。一九七六年的一天，龍美豔的奶奶鐘六雲路過龍奇軍的茅草棚，看到他衣衫襤褸地趴在地上抓東西吃。鐘六雲二話不說把非親非故的龍奇軍帶回家，從此把他當家人照顧。

一九八六年，奶奶鐘六雲和爺爺楊進秋先後雙目失明，爸爸楊龍清在外地工作，媽媽在老家伺候年邁外公。當時讀小學四年級的龍美豔輟學回家照顧爺爺、奶奶和「啞巴叔」。二〇〇三年鐘六雲和楊進秋臨終前，交代楊龍清和龍美豔：「一定要好好照顧「啞巴叔」」。

現在，兒女上學開銷大，龍美豔和丈夫到外地工作補貼家用，「啞巴叔」照顧的擔子落到七旬父親楊龍清和老伴身上。「啞巴叔和我們永遠是一家人，我們要好好照顧他。」現在，龍美豔時常這樣告訴她的子女。

人性有光輝
地獄變天堂
就是從地獄望出
個個都是佛
你心中是什麼
所看世界就是什麼
你們心中有大愛
個個都是親人
很多人讚美神
不如讚美你們
讚美你們一家三代人心胸寬如大海

讚美你們一家三代人
心量寬如藍天
天空永不拒絕任何顏色
讚美你們一家三代人
慈悲如大地
大地永不放棄永恒
這種人的光輝
已成爲龍美豔家族的
傳家寶

本報綜合報導】龍美豔陸廣西桂林市龍勝各族自治縣馬堤鄉芙蓉村普通農村婦女，但她和家人卻有著不普通的義舉：幾十年來三代人照顧「啞巴叔」龍奇軍不離不棄，龍美豔因此獲得縣級「敬老之星」榮譽。

「啞巴叔」龍奇軍不到十八歲就成了孤兒，且患有先天性智能障礙，不會說話，雙腳不便行走，生活無法自理。一九七六年的一天，龍美豔的奶奶鐘六雲路過龍奇軍的茅草棚，看到他衣衫襤褸地趴在地上抓東西吃。鐘六雲二話不說把非親非故的龍奇軍帶回家，從此把他當家人照顧。

一九八六年，奶奶鐘六雲和爺爺楊進秋先後雙目失明，爸爸楊龍清在外地工作，媽媽在老家伺候年邁外公。當時讀小學四年級的龍美豔輟學回家照顧爺爺、奶奶和「啞巴叔」。二○○三年鐘六雲和楊進秋臨終前，交代楊龍清和龍美豔：一定要好好照顧「啞巴叔」。

現在，兒女上學開銷大，龍美豔和丈夫到外地工作補貼家用，「啞巴叔」照顧的擔子落到七旬父親楊龍清和老伴身上。「啞巴叔和我們永遠是一家人，我們要好好照顧他。」現在，龍美豔時常這樣告訴她的子女。

江志超，把愛情送到天堂

詩頌江志超，把愛情送到天堂

江志超，你對妻的愛
超凡入聖
已穿透陰陽兩界
妻在天堂每日都收到你的愛情
你在墳前一唱
驚天地、泣鬼神
眾神都來助你
你打破了人間的愛情定律
不僅永恒且穿透陰陽
你在墳前一唱

亡妻墳前 天天獻唱

74歲江志超 每天爬山到公墓 唱妻子最愛歌曲 11年風雨無阻

【本報綜合報導】在講求速食愛情的現代，年輕人很難想像長相廝守、至死不渝是什麼，大陸遼寧省七十四歲的江志超，以行動展現這兩句話的意義，老伴走了十一年，他每天爬山兩小時到大連石門山公墓，陪安葬在此的老伴說話、唱歌（圖／取自網路），這已經成了他每天最重要功課。

據東北新聞網報導，江志超曾是黑龍江省職業藝術學院的現代文學老師，妻子在哈爾濱醫科大學附中任教。「她生長在革命家庭，父親是當地縣長，哥哥在部隊任要職。而她在我最艱難時選擇我，讓我一輩子不能忘。」江志超在文革期間曾被關，當時剛結識的妻子經常去看他。一年後他還沒完全恢復自由，右臂可能會有殘疾，但妻子還是毅然嫁給

大地山河也感動
原野眾生也感受到愛的力量
天地獨你一人
獨唱情歌
你感到孤獨或無窮
至死不渝的愛已成
不生不滅，眞實不虛

江志超，你相信命運嗎
就說姻緣好了
你們的愛是前生註定
才有今生一見鍾情
這一見便是一生一世
墳前一唱又訂了來世姻緣
下輩子仍是夫妻

【本報綜合報導】在講求速食愛情的現代，年輕人很難想像長相廝守、至死不渝是什麼，大陸遼寧省七十四歲的江志超，以行動展現這兩句話的意義，老伴走了十一年，他每天爬山兩小時到大連石門山公墓，陪安葬在此的老伴說話、唱歌（圖／取自網路），這已經成了他每天最重要功課。

據東北新聞網報導，江志超曾是黑龍江省職業藝術學院的現代文學老師，妻子在哈爾濱醫科大學附中任教。「她生長在革命家庭，父親是當地縣長，哥哥在部隊任要職。而她在我最艱難時選擇我，讓我一輩子不能忘。」江志超在文革期間曾被關，當時剛結識的妻子經常去看他。一年後他還沒完全恢復自由，右臂可能會有殘疾，但妻子還是毅然嫁給

獸形人忠犬「隊長」

詩頌獸形人忠犬「隊長」

隊長，你雖被人們歸入獸類
叫「犬」或「狗」
有時叫的更難聽
但在我心中你已從獸類昇華在
「獸形人」的層次（註）
雖俱備獸的外形
卻已有人的品格德性
你比那美國隊長强多了
你有如詩人的眞性情
以忠貞、眞誠的修煉法門
持之以恒
未來必將脫除獸形

忠犬找到主人墓 守6年

人間福報 一○一、九、十五

「隊長」守在主人的墳前六年。圖／取自網路

【本報綜合外電報導】人們常說，狗是人類最忠誠的朋友。阿根廷中部一隻德國牧羊犬「隊長」（Capitán），在主人去世後，自己找到主人的墓地，在墳前守護了六年。

狗主人米格爾（Miguel Guzman），二○○五年把「隊長」帶回家，給當時十三歲的兒子當寵物。

隔年三月米格爾突然去世，家人將他安葬在當地的公墓，但當他們參加完葬禮回家，卻發現「隊長」不見了。米格爾的遺孀維羅妮卡（Veronica Guzman）說，他們遍尋不著「隊長」，擔心牠被車撞死了。

維羅妮卡說，一周後他們再去公墓，兒子馬上認出了「隊長」，牠正守在米格爾的墓前，發出哀鳴，像在哭泣。維羅妮卡表示，他們從沒帶「隊長」去過公墓，牠怎麼找到米格爾的墳墓，至今仍是個謎。

維羅妮卡說，他們曾試把「隊長」帶回家，但牠不久後又會跑去公墓，尤其當天色漸暗時，「我認為牠不想讓米格爾獨自過夜」。「隊長」的忠誠令他們非常感動。

公墓工作人員現在代為照顧「隊長」，他表示，「隊長」白天會去散散步，但每天傍晚六點會回到主人的墓旁，徹夜守候，一守六年。

轉世爲人
隊長，你這一世生爲犬族
且爲牧羊犬
你的心中一定充滿慈悲
如羊兒之溫柔善良
你對人類也做出了貢獻
你的主人走
你找到他，守墓六年
人類之中有許多不如你啊！
你的忠誠
感動人類、感動天地

隊長，你這輩子值得
你完成身爲犬族的自我實現
完成一隻牧羊犬的春秋大業
我敬佩你
我讚頌你
人們會懷念你

忠犬找到主人墓 守6年

人間福報 101、九、十五

「隊長」守在主人的墳前六年。圖／取自網路

【本報綜合外電報導】人們常說，狗是人類最忠誠的朋友；阿根廷中部一隻德國牧羊犬「隊長」（Capitán），在主人去世後，自己找到主人的墓地，在墳前守護了六年。

狗主人米格爾（Miguel Guzman）二〇〇五年把「隊長」帶回家，給當時十三歲的兒子當寵物。

隔年三月米格爾突然去世，家人將他安葬在當地的公墓，但當他們參加完葬禮回家，卻發現「隊長」不見了。米格爾的遺孀維羅妮卡（Veronica Guzman）說，他們遍尋不著「隊長」，擔心牠被車撞死了。

維羅妮卡說，一周後他們再去公墓，兒子馬上認出了「隊長」；牠正守在米格爾的墓前，發出哀鳴，像在哭泣。維羅妮卡表示，他們從沒帶「隊長」去過公墓，牠怎麼找到米格爾的墳墓，至今仍是個謎。

維羅妮卡說，他們嘗試把「隊長」帶回家，但牠不久後又會跑去公墓，尤其當天色漸暗時，「我認為牠不想讓米格爾獨自過夜」。「隊長」的忠誠令他們非常感動。

公墓工作人員現在代為照顧「隊長」，他表示「隊長」白天會去散散步，但每天傍晚六點會回到主人的墓旁，徹夜守候，一守六年。

註：在佛經裡有一則故事，深山裡住著一隻九色鹿，乃人世間無價之珍寶，有一天九色鹿看到一個受傷的獵人，生命垂危，九色鹿設法救治那獵人，終於獵人恢復了健康。獵人對九色鹿說：「你就我一命，我要報答你！」九色鹿回答說：「你報答我最好的方法，就是你回去後，千萬不能說出我住在這裡。」獵人同意，永遠保守這個祕密，讓九色鹿安全生活，不受外界干擾。

獵人回去後，受重利之引誘，說出了九色鹿所在居住地方，不久九色鹿被人類獵捕而去。後來人們叫那位獵人「人形獸」，而稱九色鹿「獸形人」。

祖孫三代，神州大地感祖靈

詩頌祖孫三代神州大地感祖靈

你們是聽到祖靈的呼喚嗎？
祖孫三代神州大地走透透
台灣自行車選手張勝凱
帶著八十七歲的父親張漢章
十二歲的兒子張家豪
壯遊神州
親身感受祖國大地山河的呼吸
體驗祖國江山之壯美
知道嗎
這就是我們自己的江山
千百萬年來，我們祖祖輩輩的

祖孫三代 長征4500公里

現年五十歲的台灣前自行車選手張勝凱，日前帶著七十八歲的父親張漢章與十二歲的兒子張家豪從福州出發前往首站福建寧德，開始祖孫三代騎自行車挑戰四千五百公里「長征」。他們將從福州騎車至哈爾濱，沿途經過浙江、江蘇、山東、黑龍江等八個省及北京、上海、天津三個直轄市，計畫二十八天完成行程。 圖／新華社

祖居地，民族之生活生存空間
我們命脈所在啊
看到了嗎

你們壯遊祖國幾千里
和多少同胞話家常
大家有共同語言
感受相同情緒
你們對未來中國夢更有信心

遊過一座座山岳
騎過一條條大路小道
是否感覺到條條大路通北京？
你們也見證了中華民族之復興
看到祖國建設之千年宏圖
身爲炎黃子孫
能不感到驕傲乎
未來你們走向國際
更能抬頭挺胸
走遍天下回頭看
還是自己祖國美

祖孫三代 長征4500公里

現年五十歲的台灣前自行車選手張勝凱，日前帶著七十八歲的父親張漢章與十二歲的兒子張家豪從福州出發前往首站福建寧德，開始祖孫三代騎自行車挑戰四千五百公里「長征」。他們將從福州騎車至哈爾濱，沿途經過浙江、江蘇、山東、黑龍江等八個省及北京、上海、天津三個直轄市，計畫二十八天完成行程。 圖／新華社

迎接中國「六一兒童節」

為父母做道菜 5.30

為了迎接中國「六一兒童節」，大陸各小學展開相關活動，同時鼓勵小朋友秀出拿手絕活，豐富課餘生活。圖為遼寧省瀋陽光榮二小的兩名學生，製作水果拼盤給父母品嘗。　圖／本報香港傳真

詩頌中國「六一兒童節」

這兩個小朋友好可愛
象徵這一代孩子的幸福美滿
也象徵現代中國的繁榮、壯盛與家庭和樂
最重要的，中國人醒了
中國人走自己的路，過自己的節
不會凡事跟著洋鬼子走
兩個小朋友以無言宣示
中國兒童節是六月一日

我們是中國未來的主人翁
國家發展的百年大計、千年大業
在爸爸媽媽那一代已打下堅實基礎
爸爸媽媽實在太辛苦了

今天六月一日兒童節
我們要爲爸媽做菜
做一道美味的水果拼盤給父母品嘗
感恩他們一輩子的辛勞

未來，國家民族靠我們
我們會勇於承担重責大任
許多國家建設會持續
世界上有很多壞人要分裂中國
甚至侵略我們
如美國人、倭國人都是大壞蛋
放心！有我們在
他們都別想

只有一件事是我們小孩有意見的

就是台灣問題
我們希望爸爸媽媽或爺爺奶奶
在你們這一代就完成統一
不要拖到我們這一代
「做事不要拖拖拉拉」
是爸媽爺奶口中常說的金言呀！

輯四　板凳媽媽帶大138孤兒

我到此閉目趺坐
聞佛的腳步聲
講經說法
何時再現
揚起行腳
追上佛
原來追上的
是自己的腳步聲

見過秦漢明月
你在這裡捕魚多久了
萬年不老的水
在悠遠綿延生活著
時間沒有起點
亦無終點
天地與你同在
一體同行

板凳媽媽帶大138孤兒

詩頌板凳媽媽許月華帶大138孤兒

許月華，看這形像
她像個人嗎
忍不住想哭或跪下問天
爲什麼讓人剩下半個身
她確實不像個人，只算半個人
卻散發偉大母親的愛
有如觀世音菩薩坐在板凳上
以慈悲心
餵養苦難的眾生
許月華，妳定就是觀世音菩薩轉世
來以身說法，教化眾生

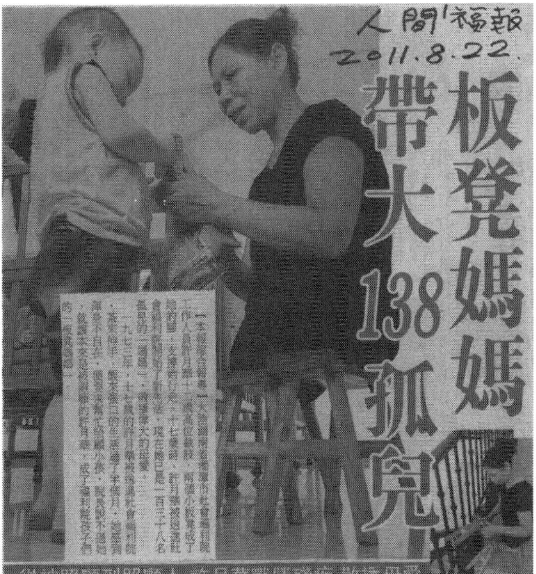
人間福報
2011.8.22.
板凳媽媽
帶大138孤兒
從被照顧到照顧人 許月華戰勝殘疾 散播母愛

擔任苦難眾生的媽媽

許月華，妳的名字
如月之華，如世間之花
在那一百三十八孤兒心中刻下名字
改變了他們的顏色
黑白變成五彩繽紛
他們帶著妳的慈悲心
千江有水千江月
凡有水之處
皆照映如月之華

妳安祥的「放」在板凳上
把愛，一口口
送進孤兒嘴裡
孩子們就這樣吃著妳的愛長大了
這樣坐著，妳沒有累的時候嗎
妳沒有去擁抱陽光

【本報綜合報導】大陸湖南省湘潭市社會福利院工作人員許月華十二歲高位截肢，兩個小板凳成了她的腳，支撐她行走。十七歲時，許月華被送進社會福利院開始了新生活，現在她已是一百三十八名孤兒的「媽媽」，散播偉大的母愛。

一九七三年，十七歲的許月華被送進社會福利院，茶來伸手、飯來張口的生活過了半個月，她感到渾身不自在，便要求幫忙照顧小孩，院長說不過她，就讓本來是被照顧的許月華，成了福利院孩子們的「板凳媽媽」。

妳擁抱孤兒
因爲妳就是陽光

人間的苦難何其多
可憐的小羊沒了爸媽
迷途的羊兒無助的叫著
天黑黑
小羊兒怕怕
許月華，妳是所有這些小羊的
羊媽媽，妳一出現
所有的小羊都安心了

人間的所有美的畫像
都不如這幅〈板凳媽媽〉
畫像無言說法，啓蒙眾生
這種力量會穿透時空
穿透三界

母愛，超過了偉大是什麼？
任何文字不足言說
那就是不立文字吧
看看〈板凳媽媽〉就夠了

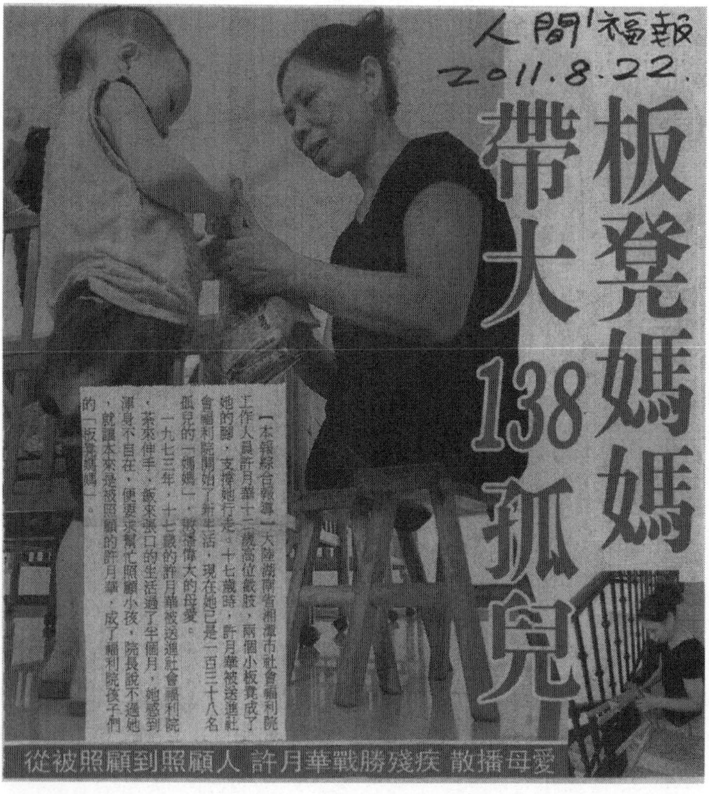
人間福報
2011.8.22.

板凳媽媽 帶大138孤兒

【本報綜合報導】大陸湖南省湘潭市社會福利院工作人員許月華十二歲高位截肢，兩個小板凳成了她的腳，支撐她行走。十七歲時，許月華被送進社會福利院開始了新生活，現在她已是一百三十八名孤兒的「媽媽」，散播偉大的母愛。

一九七三年，十七歲的許月華被送進社會福利院，茶來伸手，飯來張口的生活過了半個月，她感到渾身不自在，便要求幫忙照顧小孩，院長說不過她，就讓本來是被照顧的許月華，成了福利院孩子們的「板凳媽媽」。

從被照顧到照顧人 許月華戰勝殘疾 散播母愛

劉德文，背榮民英靈回故鄉

詩頌劉德文，背榮民英靈回故鄉

吾以爲，台獨僞政權的「去中國化」
早已毒化了全島眾生
連陽光空氣水皆被毒化
台獨之外圍，《自由時報》、長老教會等
皆在宣傳外省人滾回大陸
中國人都是劣等民族
只有台灣人是優等生
我一路觀察
用眼睛看
看到一個奇異的景像，不思議！不思議！
竟有老榮民這麼信任一個台灣郎

背骨灰回家 他圓榮民遺願

里長劉德文 8年助逾10榮民落葉歸根 20小時路程不覺苦 將骨灰罈送達親人

把身後事交付給他
他背老榮民，渡海峽浪潮
在神州，過千山萬水
把老榮民英靈送到故鄉老家

劉德文，你以身說法
說了什麼
智者皆了然於心
但不說，小老百姓看不懂
你說的是，兩岸一家親
兩岸一家人
親人的英靈要回到親人身旁
親人的骨灰要落葉歸根
何況榮民有功於國家民族
讓他們回家
是所有未死之中國人的天職
是我們的本份
劉德文，兩岸中國人向你致敬

里長劉德文 8年助逾10榮

民落葉歸根 20小時路程不覺苦 將骨灰罈送達親人

【本報高雄訊】「里長，我走了以後要回家喔。」老家在湖南的單身榮民文開發，曾這樣對里長劉德文說，一年後他果然真的走了，劉德文信守承諾，將他的骨灰罈背回湖南的文家莊；八年來，劉德文已經陸續背了十多個老榮民骨灰罈回到大陸老家，讓他們落葉歸根。

高雄市左營區祥和山莊是單身榮民退休宿舍，居住在裡面的榮民，八成以上都是在大陸沒結婚，到台灣後也沒再成家的「羅漢腳」，他們年少時跟著國軍來台，想不到一來就是幾十年，一直到兩岸開放後才得以再回老家看看。

「好啦好啦，身體養好。」面對里民的「預約」，劉德文總是回在嘴中，記在心裡；第一個向他預約的是單身的八十歲榮民文開發，文老十多歲就隨著國軍到台灣，兩岸開放後，雙親早就過世了，在湖南的只剩遠親，「雖然是遠親，但還是有血緣關係。」認為血濃於水，希望過世後能回到有家人的地方安息，落葉歸根。

這項特殊的為民服務，劉德文從不張揚，只有幾個好朋友知道，他說，曾聽過老人家說，「有里長在，不用擔心」

劉德文，人世間有各式樣的愛
你這種是什麼愛
即傳統又現代
超過身為一個里長服務的範圍
那是一種不忍之心
是一種相同血緣關係的愛
民族愛、民族情！
是吧！

劉德文，你只是一個里長
你做的事昇華到了什麼樣的高度
已不能丈量
老榮民把身後事託你
這已是一種「台灣奇蹟」
放到三千大千世界裡
也深值讚嘆：
這是菩薩道的一種
佛說八萬四千法門
必包含你這種

，信任這個本省籍的劉德文會幫他們處理後事，老人家的信任和肯定，就是他最大的動力，所以即使過程公文繁瑣，路途動輒二十小時，他也不覺得累。

劉德文和榮民聊天時會詢問他們的意願，想回老家的，劉德文會問地址做紀錄，待過世後，再從國軍公墓將他們領出，以書信和他們在大陸的親人連繫後，再背著這些顛沛一生的榮民骨灰回老家交給親人安葬。

劉德文說，每個骨灰罈都裝著老榮民一生的榮枯，這些老人家都是曾讓他感傷和牽掛的長者，因此「只要這些伯伯需要我送他們回老家，我一定背他們回去。」劉德文說，過程中擔心榮民對家鄉陌生「走丟了」，一路上都不停請念「要跟上哦！」一直到抵達目的地，將骨灰罈送到榮民親人手上，才大功告成。

高雄市左營區祥和里里長劉德文，將榮民骨灰罈裝在背包，帶他們回大陸老家。圖／歐陽良盈

愛心奶奶王美蘭，收養18棄嬰

詩頌王美蘭收養18棄嬰

王美蘭，別人丟棄不要的
妳當成寶貝收存珍護
妳的眼光獨俱慧識嗎

王美蘭，住在遼寧省撫順的老婦
數十年來收養十八個棄嬰
自己又有兩女一子
老伴早逝，妳夠辛苦的
「不留下的話孩子怎麼辦？」
妳把人家的棄嬰
當自己心頭一塊肉

收養18棄嬰

行善25年 自稱最幸福的人

【本報綜合報導】大陸遼寧省撫順市一名六十九歲婦人王美蘭，自二十五年前開始收養棄嬰，自己省吃儉用，至今共收養過十八個棄嬰。

據悉，王美蘭收養的十八名棄嬰中，大多患有各種疾病，只有五個長大成人，其中有兩個身在國外，被國外家庭繼續收養。

一九八六年，王美蘭收養第一個棄嬰，那一年她四十四歲，提前退休在家，大女兒待業，小女兒和兒子還在讀書，而老伴去世多年，全家靠她一人支撐。

按照當時的政策，民政部門可以把遭到遺棄的嬰兒寄養到普通居民家裡，王美蘭也加入了收養棄嬰的行列；民政機關送來一個嬰兒，是個男孩，抱來時臍帶還沒斷，左手略微畸形。兒女們不希望留下這個孩子，但王美蘭說，都送來了，不留下的話孩子怎麼辦?王美蘭精心照顧這個孩子，還矯正嬰兒左手的畸形。一年後，這名棄嬰因故被另一人家

棄嬰的苦是妳的苦
妳是救苦救難的菩薩
一聲嘆息，是一朵美美的蓮花

每個寶貝都是老天爺的玩笑
該有的沒有
生命就快結束在起點
碰到了妳
老天爺鬆一口氣，笑了
幸好有個王美蘭
來收拾老天爺的爛攤子
星星月亮都笑了
原來天使不在天上
天使就在人間撫順市

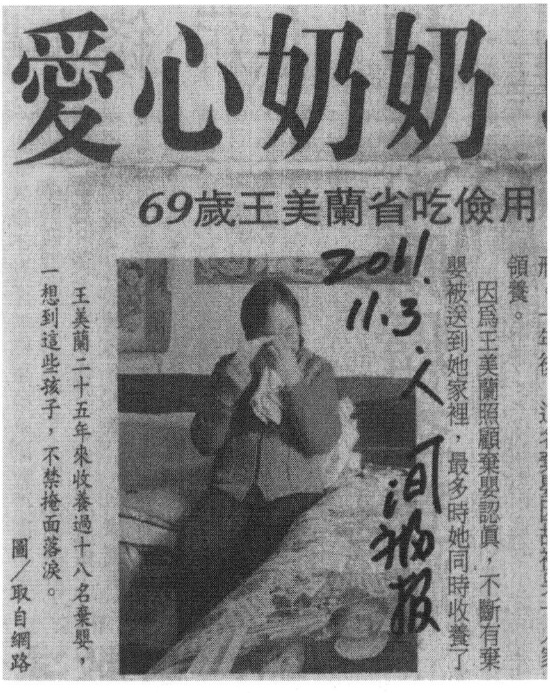

愛心奶奶

69歲王美蘭省吃儉用

領養。

因爲王美蘭照顧棄嬰認眞，不斷有棄嬰被送到她家裡，最多時她同時收養了

2011.11.3.人間福報

王美蘭二十五年來收養過十八名棄嬰，一想到這些孩子，不禁掩面落淚。圖／取自網路

有二千多個孩子的陳爸陳俊朗

詩頌有二千多個孩子的陳俊朗

誰能擁有二千多個孩子？
誰能讓二千多個孩子都叫爸爸
陳爸，陳俊朗

陳俊朗，台北的生意不做了
回老家台東成立「孩子書屋」
讓附近社區孩子有好的學習環境
他效法吾國清代「義丐」武訓興學
我不怕死，不怕沒錢
我怕孩子沒有好好讀書
一輩子要過苦日子

陳爸和他2000多個孩子
成立免費的「孩子書屋」似托兒所也是快樂學習的天堂 以義丐興學自勉

【本報綜合報導】「陳爸」是孩子們對陳俊朗的稱呼。十四年前，陳俊朗結束了台北的生意回老家台東，一邊準備考公務員，一邊做兩個兒子的好爸爸。在這期間，他與附近社區的孩子逐漸熟稔，許多放學後無人陪伴的孩子經常跑到他的院子，聽他彈吉他、講故事。

因此陳俊朗萌生創立「孩子書屋」的想法，開始向外界募集書籍、樂器、電腦，並租下兩層小樓，建立起書屋。書屋像個多功能性的「托兒所」，是避風港、也是孩子們快樂學習的天堂，在這裡不需要任何費用。

在書屋，除讓孩子快樂學習外，陳俊朗還幫助他們做好一系列的挑戰式學習計畫，對孩子進行心理輔導，發展教學、音樂、運動、服務等活動，讓孩子有自信地走自己的道路。

現在「孩子書屋」擴展到八個
有許多義工投入
陳俊朗是所有孩子的「全職爸爸」
孩子們都叫他陳爸
看到陳爸如看到陽光
溫暖情愫悠然而生

有一種溫度從你而生出
像是燃燒的一團火
溫暖孩子的心
照亮孩子的路
你執著一種大愛
在邊陲點燃許多燈火
每一盞燈
都是一個遠大的希望
幾千個希望
會一個個成長實踐

經由口耳相傳，來書屋的孩子愈來愈多，陳俊朗成了幾百名孩子的「全職爸爸」。他帶回老家五百萬元積蓄很快就花光。但他常用清代「義丐」武訓興學的故事來勉勵自己：「我不怕死、不怕沒錢，我怕孩子沒有好好讀書，一輩子要過苦日子。」

現在「陳爸」的書屋已擴展到八個，二十四名教師中有七位是不領薪水的全職義工。書屋填補了家庭的空缺，溫暖了孩子的心房。創辦至今，已有二千多名孩子在這裡快樂成長。

為什麼喊「陳爸」？孩子的答案幾乎是：「因為他像爸爸一樣。」陳俊朗給自己的定義是「一個暫時的爸爸」。「陪他們走過這一段路，他們還是要回家去，孝順他們自己的爸爸媽媽。」

孩子作業有進步，陳俊朗（右）擊掌鼓勵。　圖／新華社

劉盛蘭，拾荒助學十八年

詩頌劉盛蘭拾荒助學十八年

「感動中國二〇一三年度人物」
一位拾荒老人劉盛蘭當選

劉盛蘭，山東煙台蠶莊鎮柳杭村老人家
七十三歲時，老伴先他而去
爲自己晚年身旁能有人照顧
他開始助學
初爲「利己」之思
卻一發不可收拾
自己靠拾荒度日
十八年來

拾荒老人做公益
助學堅持十八年

一個饅頭捨不得買

一口飯也給孩子吃

劉盛蘭一開始助學是爲了讓自己老了無力行動時，身邊能有一個照顧他的人，後來助學的規模遠遠超出自己的想像。
圖／取自網路

他已累計資助一百多貧苦學生
一個饅頭也捨不得買
一口飯也給孩子吃

「感動中國二〇一三年度人物」
主辦單位，北京中央電視台
主持人敬一丹
不遠千里送獎盃給劉盛蘭
感動中國！感動世界
感動三界二十八重天

黃昏漸近
你卻翻轉了黃昏
四周都是拾來的荒
就助學吧

助學的火燃燒的太過頭了
險些叫地球向東轉

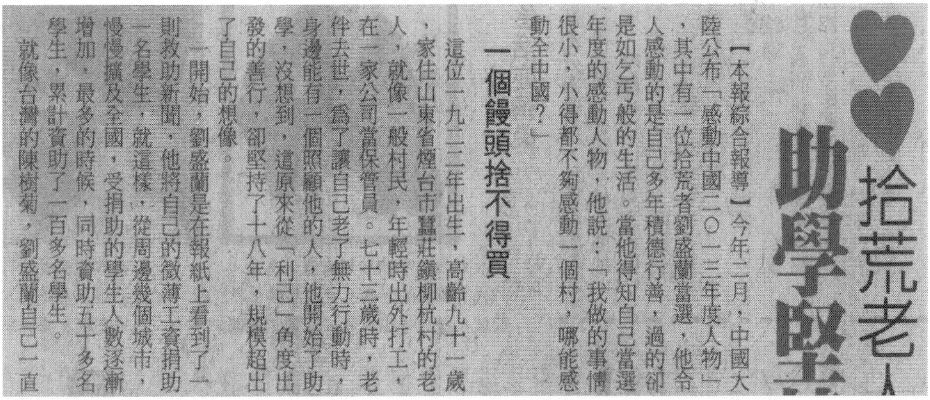
拾荒老
助學

【本報綜合報導】今年二月，中國大陸公布「感動中國二〇一三年度人物」，其中有一位拾荒者劉盛蘭當選，他令人感動的是自己多年積德行善，過的卻是如乞丐般的生活。當他得知自己當選年度的感動人物，他說：「我做的事情很小，小得都不夠感動一個村，哪能感動全中國？」

一個饅頭捨不得買

這位一九二二年出生，高齡九十一歲，家住山東省煙台市蠶莊鎮柳杭村的老人，就像一般村民，年輕時出外打工，在一家公司當保管員。七十三歲時，老伴去世，為了讓自己老了無力行動時，身邊能有一個照顧他的人，他開始了助學，沒想到，這原來從「利己」角度出發的善行，卻堅持了十八年，規模超出了自己的想像。

一開始，劉盛蘭是在報紙上看到了一則救助新聞，他將自己的微薄工資捐助一名學生，就這樣，從周邊幾個城市，慢慢擴及全國，受捐助的學生人數逐漸增加，最多的時候，同時資助五十多名學生，累計資助了一百多名學生。

就像台灣的陳樹菊，劉盛蘭自己一直

助學的感動
感動了黃昏，感動了老年的寂寞
世界變了，黃昏遠去
都因助學，拉拔貧困的孩子
你依然拾荒
為這有情有愛的世界
光陰卻無情
頭上的白雪日積月累
與天上白雲共伴
拾荒依然滄桑
人老了多寂寞

因為把愛給更多需要的孩子
那些滄桑
那些孤寂
全都質變成一種感動
感動中國，感動世界！
感動三界二十八重天！

人做公益 持十八年

人間福報 2014.3.15.

過著清貧的生活，每天清早，吃完簡單的早餐，就騎著腳踏車走村串巷做回收，直到撿回一大堆回收物資，十多年來縮衣節食，幾乎未嘗過肉味，連一個饅頭都捨不得買，吃的菜都是從菜市場裡撿來，也沒添過一件新衣，穿的衣服、鞋子，也都是二手回收物資。他年紀大了也沒進公營養老院，因為這樣他還能拿到每年四千元的生活補貼。這些錢他也全部捐給貧困學生。

一口飯也給孩子吃

即使去年八月，因為腎臟病住進醫院，仍然惦記著捐資助學，擔心匯款中斷，這些受資助的孩子小的才上學不久，大的已經成家立業，已經開始工作的孩子現在也會拿錢回饋給他，但劉盛蘭從不留分文，繼續資助貧困兒童，他說：「只要我有一口吃的，就不會讓孩子餓肚子。」現在負責照顧他的看護秦春蓮說，這句話是劉盛蘭說最多次的一句話，也是他人生的信條。

在劉盛蘭的房間裡，掛著許多他和資助孩子的照片，秦春蓮說，他在身體依然硬朗，雖然腿腳還有些不方便，但是每天三餐都正常，閒來無事時還會讀書看報紙。過年期間每天都會有七、八個孩子來探望他，他唯一珍藏的是一個深藍色布袋，裡面裝滿了匯款單和回信，不記得匯出去多少錢、收了多少封信。

當選「感動中國二〇一三年度人物」的那一天，在照料中心工作人員的陪伴下，劉盛蘭身穿唐裝看直播，主辦單位破例走出典禮現場，由北京中央電視台主持人敬一丹不遠千里送獎盃給劉盛蘭，讓他很不好意思，覺得外界對他有過多的讚譽。

劉盛蘭一開始助學是為了讓自己老了無力行動時，身邊能有一個照顧他的人，後來助學的規模遠遠超出自己的想像。

圖／取自網路

何國苗捐七千萬，全家住十坪房

詩頌何國苗捐七千萬，全家住十坪房

這種事，存在現代年輕夫妻身上
不思議！不思議
老婆不和你離婚嗎
不離婚也和人私奔了
孩子不抗議嗎
不抗議也不叫你爸了

何國苗，浙江諸暨市中年之發明家
小時家貧，父母有病
村民們合起來幫助他們一家

捐7千萬 1家4口住10坪房

何國苗自小家貧 靠發明專利致富 回饋故鄉教育醫療 家溫馨就好

【本報綜合報導】大陸浙江諸暨市四十八歲的何國苗熱心公益，從二〇〇四年開始，每年都捐款，截至目前為止，已經捐款一千七百萬人民幣（約新台幣八千八百萬元），然而他卻與家人擠在十坪大的房子裡。

何國苗表示，小時候家境貧寒，父母都有病在身，幾乎沒有收入，是村民們一勺米一把菜的幫助，讓他們走過艱難時期，現在自己有出息了，回報家鄉理所當然。

回憶當年，村民們雖然一起幫助何國苗家解決生存問題，然而孩子們上學的費用還是沒著落，何國苗初中輟學，之後迷上發明創造，並靠發明專利，獲得人生第一桶金。為了發展，何國苗外出到河南創業，至今已得到八十七項國家專利，企業也逐漸壯大。

在創業過程中，何國苗的慈善事業也逐漸起步。從二〇〇四年起，

何國苗一家住在十坪老房子裡。 圖／取自網路

一勺米一把菜送到家
讓他們一家走過艱困年代
現在有出息了，要回報家鄉

何國苗，初中輟學後
迷上發明創造
靠發明專利，獲得人生第一桶金
至今已得到八十七項國家專利
從二〇〇四年起
每年回饋故鄉教育醫療
至今已捐出一千七百萬人民幣
合台幣近七千萬
自己一家四口住十坪房
「家」，溫馨就是最好的家

成家立業
都在買房、買車
大家比賽

家4口住10坪房

致富 回饋故鄉教育醫療 家溫馨就好

【本報綜合報導】大陸浙江諸暨市四十八歲的何國苗熱心公益，從二〇〇四年開始，每年都捐款，截至目前為止，已經捐款一千七百萬人民幣（約新台幣六千八百萬元）

何國苗一家住在十坪老房子裡。 圖／取自網路

房子要夠大夠華麗才叫豪宅
車子要超字輩的
我用自己的眼睛找答案
你不屬於這裡

你給現代有情男女
重新詮釋「家」的內涵
溫馨就是家
有愛十坪就是豪宅
無愛千坪花園洋房
不過是華麗的牢房

有愛的連結
夫妻孩子全家都是愛人
愛的連結斷裂
夫妻孩子一家都是仇人

捐7千萬 1家

何國苗自小家貧 靠發明專利致

人民幣（約新台幣六千八百萬元）
，然而他卻帶著家人擠在十坪大的
房子裡。

何國苗表示，小時候家境貧寒，
父母都有病在身，幾乎沒有收入，
是村民們一勺米一把菜的幫助，讓
他們走過艱難時期，現在自己有出
息了，回報家鄉理所當然。

回憶當年，村民們雖然一起幫助
何國苗家解決生存問題，然而孩子
們上學的費用還是沒著落，何國苗
初中輟學，之後迷上發明創造，並
靠發明專利，獲得人生第一桶金。
爲了發展，何國苗外出到河南創業
，至今已得到八十七項國家專利，
企業也逐漸壯大。

在創業過程中，何國苗的慈善事
業也逐漸起步。從二〇〇四年起，

獨腿舞王霍孝偉

詩頌獨腿舞王霍孝偉

獨腿能成舞王
能歌善舞
又完成不可能的任務
把天空征服
在風風雨雨中打敗一個對手
闖入奇異的世界
在人海茫茫中
你成爲獨一無二
一條腿撐起一個天下
這是怎麼辦到的

獨腿舞王 登上101

首位大陸人參加登高賽 以40分35秒 排名85 翟孝偉：挑戰自我成功最幸福

【本報台北訊】連續八年舉辦的「台北一〇一國際登高賽」昨日舉行，共有來自十九個國家、近四千人參與，其中最受注目的是，有大陸「獨腿舞王」之稱的翟孝偉（見圖／中央社）加入賽事，扔下拐杖，以驚人毅力爬上台北一〇一大樓九十一樓，成績四十分三十五秒，排名第八十五，他說最後的過程幾乎是用「爬」的。

昨日台北天氣悶熱，參賽選手都表示，體力流失很快。今年二十八歲的翟孝偉，在上午九時十分左右完成「不可能任務」，當他抵達登高賽終點時，現場一陣歡呼，記者相機閃光燈不斷。「比想像中的還要艱難、辛苦。手還好，但感覺腳不夠用。登上來了，對於我來說，就是最大的勝利。」身爲第一個來台參加此項登高賽事的大陸人士，翟孝偉說，參賽目的很簡單，就是挑戰自我，享受過程。「人生難免遇到很多困難和坎坷，當你克服這些困難和坎坷的時候，也是你最幸福的時候。」

翟孝偉四歲時因車禍失去一條腿，但他的意志力比別人更堅強。他從小就有體育天分，曾經是自行車運動員，在看了肢障舞蹈家馬麗的演出後，反覆考慮，決定轉行向馬麗學舞。之後屢獲舞蹈大獎，被中央電視台評選爲「二〇〇七年度十大新聞人物」。

你心中定有大夢
大夢的遠景很亮麗
成爲恒定的方向
部會迷茫
闖過所有難關
向目標前進
是你堅定不移的信念
因而成就舞王

你始終有夢，有理想
有實踐的決心
讓你長出理想的翅膀
能飛過大海
波濤洶湧奈你何
你能踏浪前行
追尋自己的目標
你想要的
大海擋不住
高山擋不住
太陽和月亮都爲你照亮前面的路

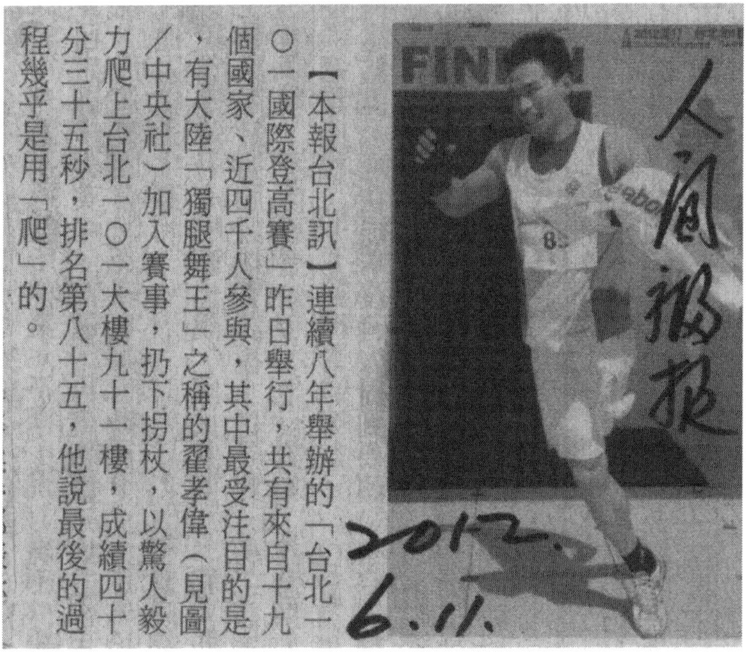

【本報台北訊】連續八年舉辦的「台北一〇一國際登高賽」昨日舉行，共有來自十九個國家、近四千人參與，其中最受注目的是，有大陸「獨腿舞王」之稱的翟孝偉（見圖／中央社）加入賽事，扔下拐杖，以驚人毅力爬上台北一〇一大樓九十一樓，成績四十分三十五秒，排名第八十五，他說最後的過程幾乎是用「爬」的。

閃爍千百里路途

只有一條腿
另一條腿定會覺得寂寞
心情也有起落
但你心中有夢
永遠帶著希望前行
看藍天白雲飄走
你依然不改其志

只看海鷗高飛處
便是你實踐夢想的天空
因而成就舞王
你以身説法
天下沒有不可能的任務

昨日台北天氣悶熱，參賽選手都表示，體力流失很快。今年二十八歲的翟孝偉，在上午九時十分左右完成「不可能任務」，當他抵達登高賽終點時，現場一陣歡呼，記者相機閃光燈不斷。「比想像中的還要艱難、辛苦。手還好，但感覺腳不夠用。登上來了，對於我來說，就是最大的勝利。」身爲第一個來台參加此項登高賽事的大陸人士，翟孝偉說，參賽目的很簡單，就是挑戰自我，享受過程。「人生難免遇到很多困難和坎坷，當你克服這些困難和坎坷的時候，也是你最幸福的時候。」

翟孝偉四歲時因車禍失去一條腿，但他的意志力比別人更堅強。他從小就有體育天分，曾經是自行車運動員，在看了肢障舞蹈家馬麗的演出後，反覆考慮，決定轉行向馬麗學舞。之後屢獲舞蹈大獎，被中央電視台評選爲「二〇〇七年度十大新聞人物」

劉備託孤鄉野版，癱兒託給程相前

詩頌劉洪友託癱兒給程相前

天下無論多亂
依然存在桃花源小角落
社會無論多黑
還是有人點起一盞燈
人情無論多冷漠
仍然有人堅持給人溫暖
人性無論多自私
稀有的無私義行依然存在人世間
程相前老翁，你的義行
感動世界

爆米花老翁 義養房東腦癱兒

【本報綜合報導】中國大陸山西一名六十三歲老翁程相前，拖著年邁的身體，在異鄉當小販賣爆米花，還輔以收破爛、打零工維生，一切只為了義養已故房東所留下的腦癱遺子（見圖／取自網路）。

十五年前，程相前從河南到山西賣鋁鍋謀生，認識了同為河南人的老鄉房東劉洪友，和他患有先天性腦癱的兒子宋文山（曾過繼改姓宋）。二〇〇八年房東突然心臟病發去世，在彌留之際，將宋文山託付給程相前。

從此兩人再也沒有分開過一天。原以賣鋁鍋維生的程相前，隨著時代發展，賣鋁鍋的行業已難以為繼，為了照顧腦癱的宋文山，也無法尋找一份穩定工作，只好買來一個二手爆米花機，帶著宋文山走街串巷賣爆米花、收破爛、打零工。也因為宋文山無法獨立生活，程相前再也沒有回過故鄉。

宋文山身體重度殘疾，無法自理，程相前幾乎把所有的心血，都傾注在這個和自己毫無血緣關係的孩子身上，做菜餵飯、穿衣洗漱，每天晚上至少起床四次，為宋文山翻動身體，五千多個日子，每天如此。

雖然生活清苦艱困，但他倆情同父子，已經無法分開。程相前說「只要我活著一天，就管你一天」；早已將程相前視為父親的宋文山，也表達自己的感激之情，說「他比我親父親還親」。

程相前故事感動不少人，也帶給網友滿滿的正能量，紛紛留言讚賞程相前「無私的男人」、「好感動、加油」、「善良的人，值得學習」。不少人受到感動，捐贈物資希望能夠幫助他們，當地縣政府，則將兩人安置在養老院中，希望解決兩人生活，讓他們無後顧之憂。

感動三界
感動二十八重天

程相前，從河南到山西謀生

認識同鄉劉洪友和他的先天腦癱兒子
二〇〇八年劉洪友突然心臟病去世
臨終前，劉洪友把癱兒託付給程相前
從此以後
程相前帶著癱兒走天涯
走街串巷爆米花
爲癱兒穿衣洗漱、餵食、翻身
只爲朋友託孤之情

人生無論多悲慘
還是有通往幸福的路
河南到山西
千山萬水

【本報綜合報導】中國大陸山西一名六十三歲老翁程相前，拖著年邁的身體，在異鄉當小販賣爆米花，還輔以收破爛、打零工維生，一切只爲了義養已故房東所留下的腦癱遺子（見圖／取自網路）。

十五年前，程相前從河南到山西賣鋁鍋謀生，認識了同爲河南人的老鄉房東劉洪友，和他患有先天性腦癱的兒子宋文山（曾過繼改姓宋）。二〇〇八年房東突然心臟病發去世，在彌留之際，將宋文山託付給程相前。

從此兩人再也沒有分開過一天。原以賣鋁鍋維生的程相前，隨著時代發展，賣鋁鍋的行

五千……雖……情同……相前……管你……爲父……的感……親還……程……帶給……留言……」、……良的……受到……幫助……兩人……決兩……憂。

看到塵世的冷漠和陰暗
但你堅持自己是一個光明使者
走自己的路
永遠守住這癱兒
迎接每日到訪的陽光
能在一起就是幸福
在一起就是親人

程相前，你雖老了
你的骨節如泰山
你的義行
將如泰山之頂立
永遠成爲人們詩頌的傳奇
給人仰望和學習的典範

血癌鬥士徐笙竣鐵馬闖神州

詩頌血癌鬥士徐笙竣鐵馬闖神州

血癌是一隻外星來的異形
地球人聞之色變
有的人光是聽到
尚未證實
就已經被嚇到、被打倒
小命死了一半

十九歲的徐笙竣，拔牙發現異形入侵
他無畏，經七次化療
與異形對幹、對決
用行動證明
人類可以打敗異形

台抗癌鬥士 單車闖大陸

一畢業衝川藏 10個月騎1.3萬公里 25歲徐笙竣熱血挑戰6大洲

【本報台南訊】台南市二十五歲男子徐笙竣不畏血癌，花十個月單騎中國大陸川藏公路，挑戰個人極限，一萬三千公里足跡遍及大江南北，他說，騎上單車後目標更加堅定，三十歲前要完成單車環遊世界六大洲的夢想，三日剛返台的他，已迫不及待想挑戰澳洲、紐西蘭。

徐笙竣十九歲拔牙時發現罹患血癌，經十一個月治療，接受七次化療，及歷經骨折等，他沒被打敗，也沒放棄課業，去年從高雄應用科技大學財金系畢業。

去年六月，徐笙竣一考完畢業考，就沒領到畢業證書，就背負四十五公斤行囊前進大陸，包括十四公斤的愛車在內。

徐笙竣說，川藏公路海拔落差兩千公尺，經西藏、青海到新疆，全長兩千公里，尤其拉薩到青海路段海拔都在四千四百公尺以上，驚險程度可見一斑。他說，完成這段路後，其他路線就不那麼困難了。

扣除去年十一月至今年三月因故返台，徐笙竣前後花了十個月，在大陸騎了一萬三千公里，故事感動許多人，並獲江蘇無錫、南京及四川成都等地邀請，分享騎單車闖大陸的甘苦經驗。

徐笙竣說，深入窮鄉僻壤，人少的地方，人們更懂得互相幫助；他在途中掉了手機和相機，在川藏公路巧遇《九〇後騎行俠單車去西藏》的蘇州大學生作家「騎行俠」，騎行俠深夜騎機車載他翻山越嶺回頭找，令他印象深刻。

徐笙竣說，他省吃儉用，大陸行花了新台幣十四萬元，沿途認識許多好友和車友，讓他「白吃白喝」。面對各界關心，他把單車環遊世界六大洲的最新動態上網臉書「夢想輪轉」，與大家分享。

徐笙竣騎單車走遍中國大陸一萬三千公里，還要挑戰六大洲。圖／卯心本、徐笙竣提供

從高雄應用科大財金系一畢業
即駕鐵馬勇闖神州
西藏、青海、新疆、江蘇、四川……
無盡歲月、無限里程
異形被嚇跑了
得到同胞相互幫助的溫情
更有動力走天涯

天涯路茫茫
你踏歌而行
與朝陽同路上山
與黃昏同行古城鎮
舉頭望蒼穹，天人合一的力量
異形不敢來惹你

【本報台南訊】台南市二十五歲男子徐笙竣不畏血癌，花十個月勇闖中國大陸川藏公路，挑戰個人極限，一萬三千公里足跡遍及大江南北。他說，踏上旅程後目標更加堅定，三十歲前要完成單車環遊世界六大洲的夢想。三日剛返台的他，已迫不及待想挑戰澳洲、紐西蘭。

徐笙竣十九歲拔牙時發現罹患血癌，經十一個月治療，接受七次化療，受盡病魔折磨。他沒被打敗，也沒放棄課業，去年從高雄應用科技大學財金系畢業。

去年六月，徐笙竣一考完畢業考，還沒領到畢業證書，就背負四十五公斤行囊前進大陸，包括十四公斤的愛車在內。

徐笙竣說，川藏公路海拔落差兩千公尺，經西藏、青海到新疆，全長兩千公里，尤其拉薩到青海路段海拔都在四千四百公尺以上，驚險程度可見一斑。他說，完成這段路後，其他路線就不那麼困難了。

扣除去年十一月至今年三月因故返台，徐笙竣前後花了十個月，在大陸騎了一萬三千公里，故事感動許多人，還獲江蘇無錫、南京及四川成都等地邀請，分享騎單車闖大陸的甘苦經驗。

徐笙竣說，深入窮鄉僻壤、人少的地方，人們更懂得互相幫助；他在途中掉了手機和相機，在川藏公路巧遇《九〇後騎行俠單車去西藏》的鄭州大學生作家「騎行俠」，騎行俠深夜騎機車載他翻山越嶺回頭找，令他印象深刻。

徐笙竣說，他省吃儉用，大陸行花了新台幣十四萬元，沿途認識許多好友和車友，讓他「白吃白喝」。面對各界關心，他把單車環遊世界六大洲的最新動態上傳臉書「夢想輪轉」，與大家分享。

徐笙竣騎單車走過中國大陸一萬三千公里，還要挑戰六大洲。圖／邵心杰、徐笙竣提供

肖姝瑤九年獨遊三十二省市

詩頌肖姝瑤九年獨遊三十二省市

怎樣的生活，才叫生活
怎樣的人生，才是人生
怎樣的生命，才有價值

肖姝瑤，放棄成爲公務員的機會
一個人去放行
以玩爲工作
逼迫自己走向陌生
傾聽更多不一樣的故事
感受祖國每一寸土地的呼吸
傾聽每一條江河的心跳

9年走32省市 獨遊大陸

人間福報 2013.元.2.

【本報綜合報導】大陸一篇名爲〈一個人的旅行之環遊中國篇〉的文章在網路上非常熱門，網名「FLY阿九」的二十四歲女孩肖姝瑤（見圖／取自網路）以圖文形式分享九年來獨自旅行的所見所聞。把旅行當職業，走過大陸全國三十二個省市自治區，這種另類的生活方式讓不少網友感慨「這才叫生活！」

肖姝瑤發的文章中，列出了一個長長名單，上面記錄她曾去過的地方。肖姝瑤平時的工作就是到處「玩」，更讓不少網友羨慕。

肖姝瑤從小就迷上旅行，選擇一個人旅行，因爲她覺得沒有熟悉的人相伴，逼著她接觸更多陌生人，聽到更多故事。

肖姝瑤說，上大學期間，她會利用兼職爲暑假籌旅費。畢業後因爲旅遊經歷豐富、大陸常有旅遊類雜誌向她約稿，五年來她大概賺了約新台幣一百四十一萬元稿費全用在旅行上。

肖姝瑤成績一直都是全校第一，從沒讓父母煩惱過。大學畢業後參加國家公務員考試，順利進入面試。轉換點出現在肖姝瑤畢業時，她的朋友在學校門前開了一家服裝店，他們一起爲客戶畫卡通肖像畫等，讓她第一次意識到做「自己的事」是多麼愉快。於是她做了一個大膽決定，推掉公務員面試機會，換一種生活。父母在無法規勸的情況下和她斷絕關係，也不再提供任何經濟支援。但她還是堅持靠給雜誌寫稿賺稿費堅持了下來，並且直到現在。

一個人獨遊九年
走過神州大地三十二省市
許多網友讚嘆
這才叫生活！
才是人生！這才是生命

一個女孩的壯歌
走遍山河大地，山變小，比妳小
足踏土壤，聞泥土香
獨自遠行
把熟悉的感情
全在身後飄落
去擁抱整個神州山水

山河大地屬於妳的
妳是另類中國女首富
所有中國女人都在讚嘆
何時和她一樣富有

妳未聞讚嘆，只一路向前
緊握一片朝陽同行
行到黃昏
與黃昏對坐閒聊
各說自己人生的意義

附注：「蕭」姓氏，大陸簡化字為「肖」

【本報綜合報導】大陸一篇名為〈一個人的旅行之環遊中國篇〉的文章在網路上非常熱門，網名「FLY阿九」的二十四歲女孩肖姝瑤（見圖／取自網路）以圖文形式分享九年來獨自旅行的所見所聞。把旅行當職業，走過大陸全國三十二個省市自治區，這種另類的生活方式讓不少網友感慨「這才叫生活！」

肖姝瑤發的文章中，列出了一個長長名單，上面記錄她曾去過的地方。肖姝瑤平時的工作就是到處「玩」，更讓不少網友羨慕。

肖姝瑤從小就迷上旅行，選擇一個人旅行，因為她覺得沒有熟悉的人相伴，逼著她接觸更多陌生人，聽到更多故事。

肖姝瑤說，上大學期間，她會利用兼職為暑假籌旅費。畢業後因為旅遊經歷豐富，大陸常有旅遊類雜誌向她約稿，五年來她大概賺了約新台幣一百四十一萬元稿費，全用在旅行上。

肖姝瑤成績一直都是全校第一，從沒讓父母煩惱過。大學畢業後參加國家公務員考試，順利進入面試。轉捩點出現在肖姝瑤畢業時，她的朋友在學校門前開了一家服裝店，他們一起為客戶畫卡通肖像畫等，讓她第一次意識到做「自己的事」是多麼愉快。於是她做了一個大膽決定，推掉公務員面試機會，換一種生活。父母在無法規勸的情況下和她斷絕關係，也不再提供任何經濟支援。但她還是堅持靠給雜誌寫稿賺稿費堅持了下來，並且直到現在。

2013.元.2

視障朱芯儀，人生不設限

詩頌視障朱芯儀人生不設限

老天爺給妳設下一座
無光的牢房
企圖關妳一輩
妳竟打破牢房
飛向天空

妳不想在房內過安逸的日子
把自己化成一隻鳥
在天空飛
享受無限大的空間
任意把天空剪破
剪成自己所要的形狀

在天空，翱翔於東海
福如東海
讓老天爺跌破眼鏡
老天爺不爽
妳奪走了他的天空

雖有視障
沒有心障
妳飛天又潛入大海
化成一尾巨鯨
悠游，浮於水面歌唱
妳的人生有幾個渡口
幾個出口
能飛天入海的奇女子
世界屬於自己的
看或不看，無關緊要
心已了然

朱芯儀雖然視障，但她曾與同學環島、潛水、玩拖曳傘等，人生不設限。 圖／朱芯儀提供

無掌女孩安妮抱書法獎

詩頌無掌女孩安妮抱書法獎

這回老天爺找上一個小女孩
竟然不給安妮 雙掌
她成了天生的無掌小妹妹
安妮小朋友
妳有沒有罵老天爺壞壞？
老天爺是壞人！

安妮不怪老天爺
現場示範無掌也能拿筆寫字
她可愛的模樣
顯露出滿滿的自信

安妮十九日獲得硬筆書法獎，現場示範用鉛筆寫字，還能靈活地將筆反轉，用筆端橡皮擦擦去不滿意的字。她領獎後坐在媽媽（左上圖右一）腿上，與老師（左上圖左一）交談，言談中透露出滿滿自信。　圖／美聯社、網路

老天爺也來讚嘆
自己不小心給安妮造成的難題
安妮已經勇敢克服
老天爺也放心了

安妮還有漫長的人生路
必有重重困境
但她的樂觀、善良和勇敢
一定能克服所有障礙
走出自己的路

小朋友，中國大詩人李白說
天生我才必有用
老天爺生妳必有意
未來必有大用
只等妳勇敢努力！

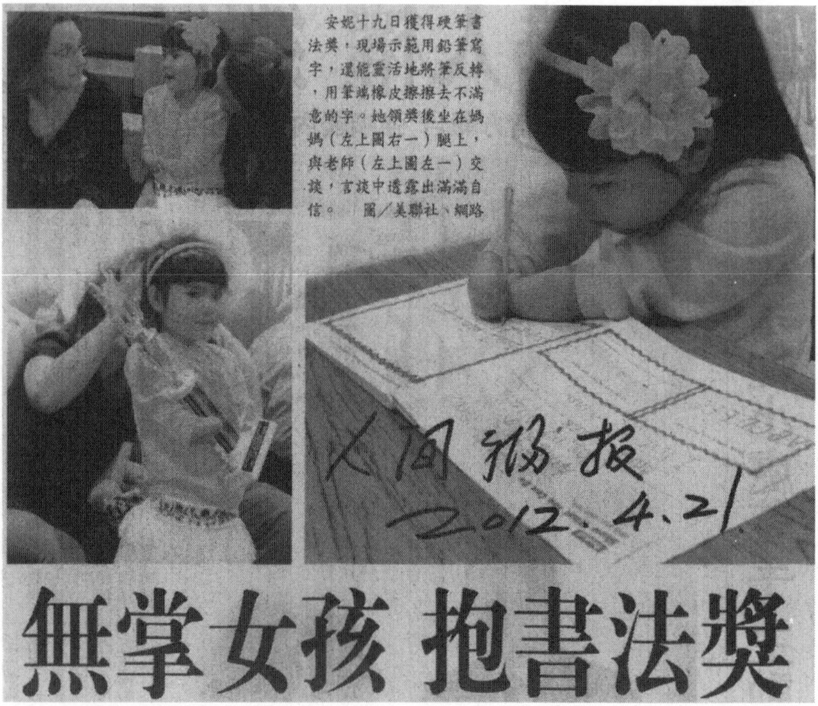
安妮十九日獲得硬筆書法獎，現場示範用鉛筆寫字，還能靈活地將筆反轉，用筆端橡皮擦擦去不滿意的字。她領獎後坐在媽媽（左上圖右一）腿上，與老師（左上圖左一）交談，言談中透露出滿滿自信。　圖／美聯社、網路

人間福報 2012.4.21

無掌女孩 抱書法獎

陳忠秀校長退休不等死

詩頌陳忠秀校長退休不等死

他老了，不享受清福
不坐在沙發上給電視看
也不坐在客廳
成爲一尊被尊敬的偶像
等待黑白無常
奉旨來提人

台中市國小校長陳忠秀退休後
自勉：「我可不想退休等死」
他奉獻身心障礙兒
十年教出六位總統教育獎得主

不想退休等死　奉獻身心障礙兒

人間福報　2012.9.25.

陳忠秀校長 帶孩子走進音樂世界 10年教出6位總統教育獎得主

【本報豐原訊】台中市國小校長陳忠秀退休後當音樂義工，把每個假日都留給身心障礙孩子，還突破障礙讓全盲孩子「看見手風琴」，或帶自閉孩子與陶笛作朋友，十年來教出六位總統獎得主，自己也於二〇〇七年和今年共得兩次教育奉獻獎。

該是享受清閒的年紀，但陳忠秀說：「我可不想退休等死」，十年來到處免費教學，調教出三十幾名視障手風琴好手，其中六人拿到總統教育獎，讓他與有榮焉。陳忠秀表示，手風琴是最適合視障孩子的樂器，對初學者，他邊彈邊讓孩子用手摸，摸拉開的風箱，摸手指操作，家長錄下過程，回家慢慢練，久了就能看見進步。本來很多視障孩子看起來憂鬱，學音樂過程卻經常忍不住微笑，陳忠秀說，能讓孩子充滿快樂信心，他無怨無悔。

「陳校長超有辦法」，一名自閉症孩子的家長說，他兒子「目中無人」不肯溝通，但陳校長也不急，拿陶笛讓學生把玩，只要一發出聲音就大加稱讚，時間久了，問孩子肯不肯學，竟然點頭說要。「沒有一個自閉症

陳忠秀（左）指導特殊孩子學音樂，一起吹奏陶笛，十年來無怨無悔。

圖／陳秋雲

那些自閉症孩子的動人故事
從你開始
陳忠秀，你改變他們的世界
讓他們從今以後
擁有屬於自己可以揮灑的世界
改變從來不是神話
卻可以自己創造神話

你不想退休等死
但，死
在等著每一個人
在還沒有被等到之前
你創造的神話
死神也感動啊
他怎忍心提你走！

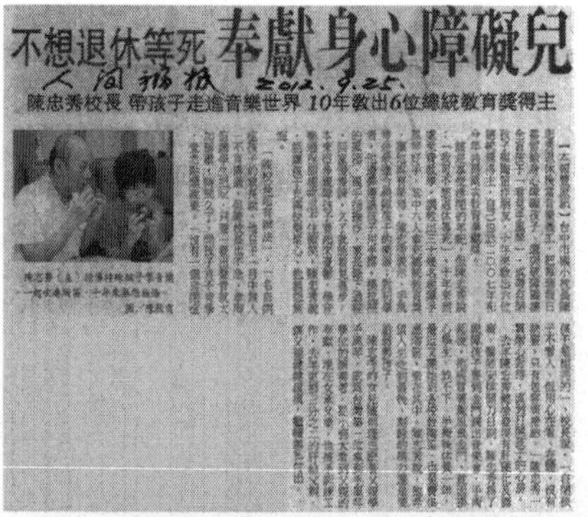
奉獻身心障礙兒 不想退休等死
人間福報 2012.9.25.
陳忠秀校長 帶孩子走進音樂世界 10年教出6位總統教育獎得主

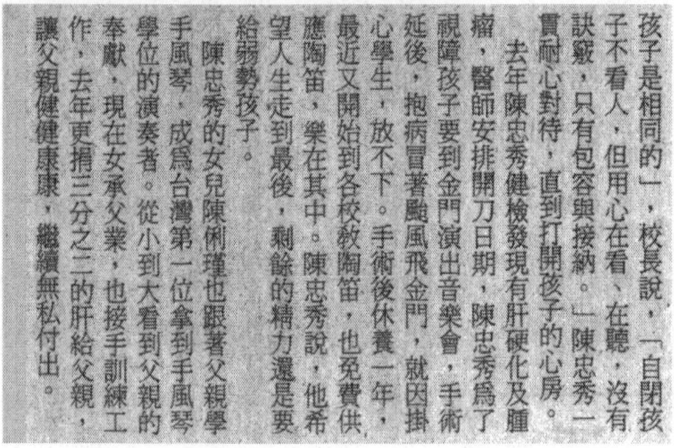
孩子是相同的」，校長說，「自閉孩子不看人，但用心在看、在聽，沒有訣竅，只有包容與接納。」陳忠秀一貫耐心對待，直到打開孩子的心房。

去年陳忠秀健檢發現有肝硬化及腫瘤，醫師安排開刀日期，陳忠秀為了視障孩子要到金門演出音樂會，手術延後，抱病冒著颱風飛金門，就因掛心學生，放不下。手術後休養一年，最近又開始到各校教陶笛，也免費供應陶笛，樂在其中。陳忠秀說，他希望人生走到最後，剩餘的精力還是要給弱勢孩子。

陳忠秀的女兒陳俐瑾也跟著父親學手風琴，成為台灣第一位拿到手風琴學位的演奏者。從小到大看到父親的奉獻，現在女承父業，也接手訓練工作，去年更捐三分之二的肝給父親，讓父親健健康康，繼續無私付出。

香港陳葒「陳校長免費補習天地」

詩頌香港陳葒「陳校長免費補習天地」

追求高薪是很多人一生的夢想
有的人逆向而行
放棄高薪
專做「虧本生意」
再次向眾生說法：
金錢不是人生的唯一
意義高於目標
意義大於價值

陳葒，原香港匯知中學校長
為香港十大中學校長之一

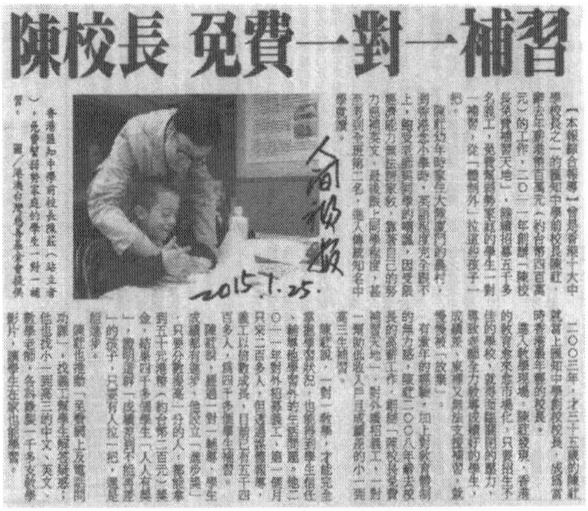
陳校長 免費一對一補習

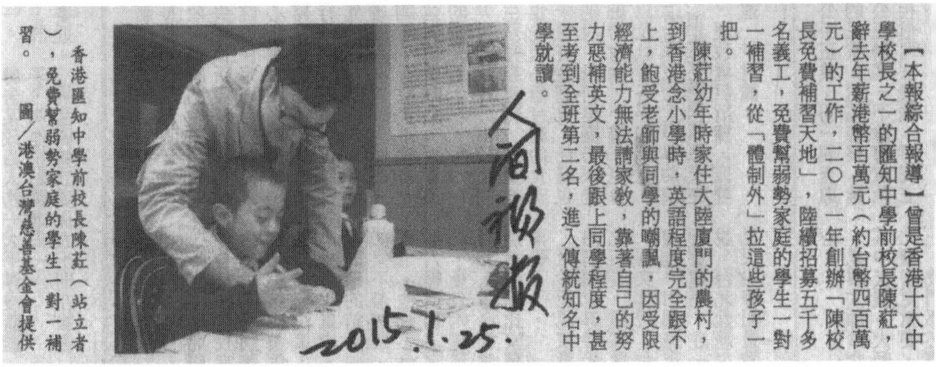
【本報綜合報導】曾是香港十大中學校長之一的匯知中學前校長陳葒，辭去年薪港幣百萬元（約台幣四百萬元）的工作，二〇一一年創辦「陳校長免費補習天地」，陸續招募五千多名義工，免費幫弱勢家庭的學生一對一補習，從「體制外」拉這些孩子一把。

陳葒幼年時家住大陸廈門的農村，到香港念小學時，英語程度完全跟不上，飽受老師與同學的嘲諷，因受限經濟能力無法請家教，靠著自己的努力惡補英文，最後跟上同學程度，甚至考到全班第二名，進入傳統知名中學就讀。

香港匯知中學前校長陳葒（站立者），免費幫弱勢家庭的學生一對一補習。　圖／港澳台灣慈善基金會提供

放棄年薪百萬港幣
約台幣四百萬的好工作
二〇一一年創辦「陳校長免費補習天地」
廣招五千多名義工老師
對弱勢家庭學生一對一補習
從「體制外」拉拔一些弱勢學生

許多弱勢家庭的弱勢學生
天天有如世界末日
傷疤沒有痊癒
又來個傷疤
經一對一輔導補習
便是從末日拉回
有了重生的機會
雖然外面環境依然險惡
弱勢者的旅程依舊孤獨
然而，弱者已成勇者
他會有信心力爭上游

二〇〇三年，才三十五歲的陳葒就當上匯知中學創校校長，成爲當時香港最年輕的校長。

進入教學現場，陳葒發現，香港的教育愈來愈市場化，只要招生不佳的學校，就得面臨關閉的壓力，導致老師全力教導成績好的學生，成績差、家裡又無法支援補習，就慢慢被「放棄」。

有童年的經驗，加上對教育體制的無力感，陳葒二〇〇八年辭去校長的高薪工作，創辦「陳校長免費補習天地」，對外廣招義工，一對一幫助低收入戶且成績差的小一到高三生補習。

陳葒說，一對一教學，才能完全掌握學習狀況，也能得到學生信任、輔導他學習外的生活問題。他二〇一一年對外招募義工，第一個月只來二百多人，但透過媒體報導，義工以倍數成長，目前已有五千四百多人，爲四千多個學生補習。

陳葒說，經過一對一輔導，學生成績都有進步，他設立「進步獎」，只要分數提高一分的人，都能拿到五十元港幣（約台幣二百元）獎金，結果四千多個學生「人人有獎」，證明這群「成績差到不能再差」的孩子，只要有人拉一把，還是能進步。

陳葒也推動「免費網上及電話問功課」，找義工幫學生解答疑惑；他也找小一到高三的中文、英文、數學老師，各科錄製一千多支教學影片，讓學生在家也能學習。

輯五　老榮民呂振誠捐三千萬

夜已低垂
不會黑了這裡的神
這神，承載
一片高山大地人文
曾經有過的風雨
已是歷史
現在是最近
天堂的地方

這隻牛在此打住
傾聽水聲
奇異的河景傾訴
從未見過大海
牛以心傳心說
大海，與溪流一個樣
只不過
多了很多水

老榮民呂振誠捐三千萬

詩頌老榮民呂振誠捐三千萬

榮民，台灣有很多榮民
一九四九年前後軍職退下都是老榮民
他們一生都獻給了國家
最後的一點精力體力給了台灣這塊土地
部份終其一生沒有成家
省吃儉用的習慣
一輩子有了不少積蓄
還是獻給這塊土地的弱勢子民
如這位呂振誠，三千萬
全數捐給榮民遺孤照顧基金和創世基金會
啊！榮民，讚頌你
千行長詩亦不足以讚嘆榮民的偉大

榮民，偉大的榮民
呂振誠的形像代表所有的榮民
半個多世紀來
革命征途千萬里
永不停息
在神州大地流血揮汗
在台灣島上上山下海
國家需要的地方
都有榮民深刻的足跡
最後的積蓄
全都捐獻出來
榮民，所有的榮民
你們對得起國家
你們對得起中華民族
是中華民族好兒女、
炎黃優秀的子孫
列祖列宗引爲榮耀
你們完成這一生的春秋大業

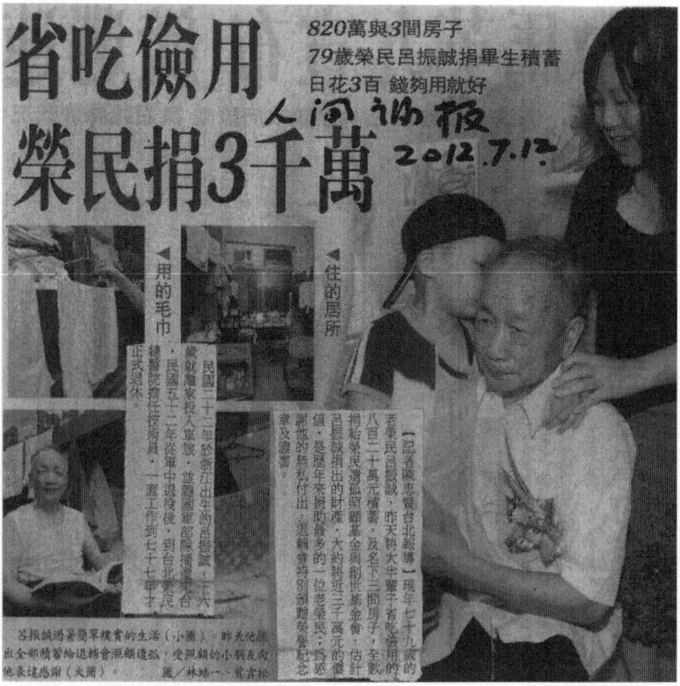

省吃儉用 榮民捐3千萬

820萬與3間房子
79歲榮民呂振誠捐畢生積蓄
日花3百 錢夠用就好

人間福報 2012.7.12

【記者陳忠興台北報導】現年七十九歲的老榮民呂振誠，昨天將大半輩子省吃儉用的八百二十萬元積蓄，及名下三間房子，全數捐給榮民遺孤照顧基金與創世基金會，估計呂振誠捐出的財產，大約將近三千萬元的價值，是歷年來捐款最多的一位老榮民，爲感謝他的無私付出，退輔會特別頒贈榮譽紀念章及證書。

民國二十二年於浙江出生的呂振誠，十六歲就離家投入軍旅，並隨國軍部隊撤退來台，民國五十二年從軍中退役後，到台北榮民總醫院擔任技術員，一直工作到七十七年才正式退休。

◀住的居所

◀用的毛巾

呂振誠過著簡單樸實的生活（小圖），昨天他捐出全部積蓄給退輔會照顧遺孤，受照顧的小朋友向他表達感謝（大圖）。 攝／林澔一、曾吉松

但現在的「中華民國」對不起你們
現在的中華民國已被偷樑換柱
在李登輝、陳水扁，蔡英文……
一批台獨妖魔妖女搞「去中國化」
竟稱榮民是「社會米蟲」
眞是情何以堪！
妖女妖魔騎在人民頭上灑尿
而很多人甘之如飴
小島腐敗墮落到此程度
台灣已不可爲、不可期待
只待王師來征，完成統一
這是救台灣唯一的方法

很多榮民都走了
他們心中最後牽掛的一件事未了
就是國家統一，實現
二十一世紀是中國人的世紀
放心，相信這個十四億中國人的
中國夢，是不遠了

【記者陳忠賢台北報導】現年七十九歲的老榮民呂振誠，昨天將大半輩子省吃儉用的八百二十萬元積蓄，及名下三間房子，全數捐給榮民遺孤照顧基金與創世基金會，估計呂振誠捐出的財產，大約將近三千萬元的價值，是歷年來捐助最多的一位老榮民；爲感謝他的無私付出，退輔會特別頒贈榮譽紀念章及證書。

民國二十二年於浙江出生的呂振誠，十六歲就離家投入軍旅，並隨國軍部隊播遷來台，民國五十二年從軍中退役後，到台北榮民總醫院擔任技術員，一直工作到七十七年才正式退休。

單腿勇士侯斌登極地

詩頌單腿勇士侯斌

剩下一腿能做什麼
他不在救濟院讓人養著
他單腿走天涯
創造世界奇蹟
看看單腿勇士侯斌
剩下一腿能做什麼？

侯斌，一九七五年出生在佳木斯市
普通工人家庭
從小愛運動，九歲時火車意外
左腿不告而別

一九七五年，侯斌出生在大陸黑龍江省佳木斯市一個普通工人家庭，小時候就喜歡運動。然而九歲那年一次火車意外讓他失去左腿。在巨大打擊下，生性樂觀的侯斌沒被壓垮，也沒有離開他喜歡的運動場。一九九三年，他開始接受專業跳高訓練。

一九九六年亞特蘭大帕運上，初次參加帕運的侯斌以一米九二成績奪冠，並且創造該項目世界紀錄。二〇〇〇年帕運，侯斌成功衛冕；在四年後的雅典帕運上，侯斌連續第三次獲得帕運金牌。侯斌的出色表現打動很多人，二〇〇八年初，侯斌成爲全球首位帕運大使，並在北京帕運開幕式上，坐在輪椅上靠著雙手和一根繩索爬上鳥巢半空，點燃主火炬。

侯斌在今年八月成功到達北極點後，十一月又以堅強的意志力踏上南極，再次創下屬於他的動人生命紀錄。

圖／本報香港傳真、取自網路

他生性樂觀積極
幸好，右腿仍與他形影不離

一九九三年，開始接受專業跳高訓練
一九九六年，亞特蘭大帕運跳高奪冠
創造該項目世界紀錄
二〇〇〇年，帕運成功衛冕
又四年雅典帕運，第三次奪金
二〇〇八年，侯斌成爲全球首位帕運大使
在北京帕運開幕式上，坐輪椅上
靠双手和一繩索爬上鳥巢半空
點燃主火炬
侯斌的表現，在很多人心裡
燃起一團火
二〇一二年八月，侯斌到達北極點
十一月又以堅強的意志踏上南極
創下動人的生命紀錄
這是一腿能做的事

侯斌，你用一條腿高來高去
風是不是在你耳邊
呼呼而過
有如駕白雲
就是要把「侯斌」二字
亮在最高的地方
讓地球人仰望

你的名字
已經在全世界大放光明
鼓舞許多有腿、缺腿或無腿人
你神采俊朗
成爲帕運大使
是很多人心中的光明燈

侯斌，你以身說法
向眾生開示

一條腿去了就去了
不必追悔
只須追上自己想要的夢
夢必可圓

單腿勇士 登上極地

人间福报 2012.12.5

一九七五年，侯斌出生在大陸黑龍江省佳木斯市一個普通工人家庭，小時候就喜歡運動。然而九歲那年一次火車意外讓他失去左腿。在巨大打擊下，生性樂觀的侯斌沒被壓垮，也沒有離開他喜歡的運動場。一九九三年，他開始接受專業跳高訓練。

一九九六年亞特蘭大帕運上，初次參加帕運的侯斌以一米九二成績奪冠，並且創造該項目世界紀錄。二〇〇〇年帕運，侯斌成功衛冕；在四年後的雅典帕運上，侯斌連續第三次獲得帕運金牌。侯斌的出色表現打動很多人，二〇〇八年初，侯斌成為全球首位帕運大使，並在北京帕運開幕式上，坐在輪椅上靠著雙手和一根繩索爬上鳥巢半空，點燃主火炬。

侯斌在今年八月成功到達北極點後，十一月又以堅強的意志力踏上南極，再次創下屬於他的動人生命紀錄。

圖／本報香港傳真、取自網路

饒平如紀念亡妻手繪十八本畫冊

詩頌饒平如，愛情要在天堂出版

七十年前認識妳時
就說那個字
一個字
兩人實踐力行七十年
那個字，我倆經得住考驗
老妻先行
讓我留下，手繪《我倆的故事》十八本
在人間先出版
再帶上天堂出第二版
回顧倆人相守七十載

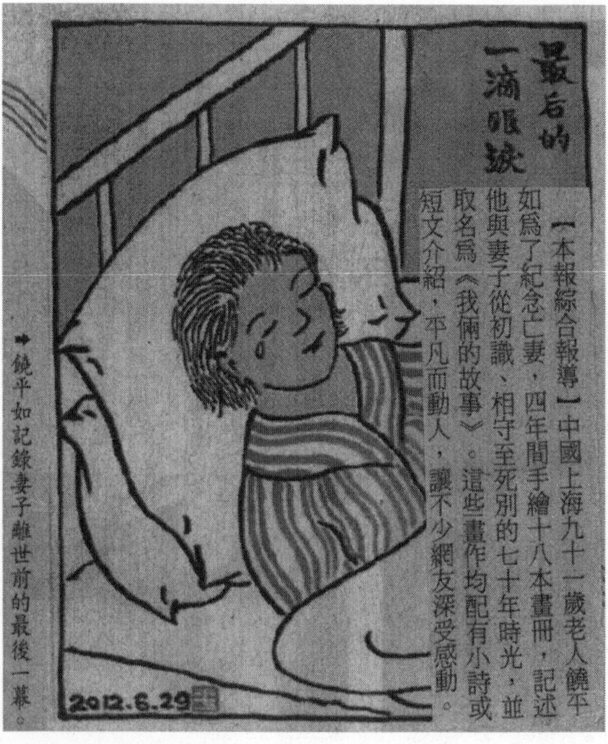

【本報綜合報導】中國上海九十一歲老人饒平如為了紀念亡妻，四年間手繪十八本畫冊，記述他與妻子從初識、相守至死別的七十年時光，並取名為《我倆的故事》。這些畫作均配有小詩或短文介紹，平凡而動人，讓不少網友深受感動。

➡饒平如記錄妻子離世前的最後一幕。

生活曾經載浮載沉
不管浮沉
我們總在一起
共享酸甜苦辣

這七十年
經過翻天覆地
雷霆從眼前一刀劃過
風雨在頭上威脅
火山在身旁爆發
奇跡，我們仍在一起

手繪老妻相守七十年
天上人間可有
我倆的奇跡？
愛情將在天上出版

人間福報 Merit Times　2013年3月3日 星期日　農曆癸巳年正月二十二日

饒平如為了紀念亡妻，四年手繪十八本畫冊。圖／取自網路

手繪 我倆的故事 紀念亡妻

9旬饒平如18本畫冊 記錄與妻相守70年 配小詩或短文 即將出版

【本報綜合報導】中國上海九十一歲老人饒平如為了紀念亡妻，四年間手繪十八本畫冊，記述他與妻子從初識、相守至死別的七十年時光，並取名為《我倆的故事》。這些畫作均配有小詩或短文介紹，平凡而動人，讓不少網友深受感動。

➡饒平如記錄妻子離世前的最後一幕。

➡夫妻日常生活，在細小的事物中見真情。

➡饒平如年輕時對妻子唱情歌告白的情景。

口足畫家，生命頌歌

詩頌口足畫家生命之歌

命運是誰？
怎麼可以爲所欲爲？
命運公不公平？
爲什麼恐龍法官不追判？
命運搞出一堆問題
警方爲何坐視？
命運也違反人權
誰來管一管？

口足畫家們早已不管命運
只管運命

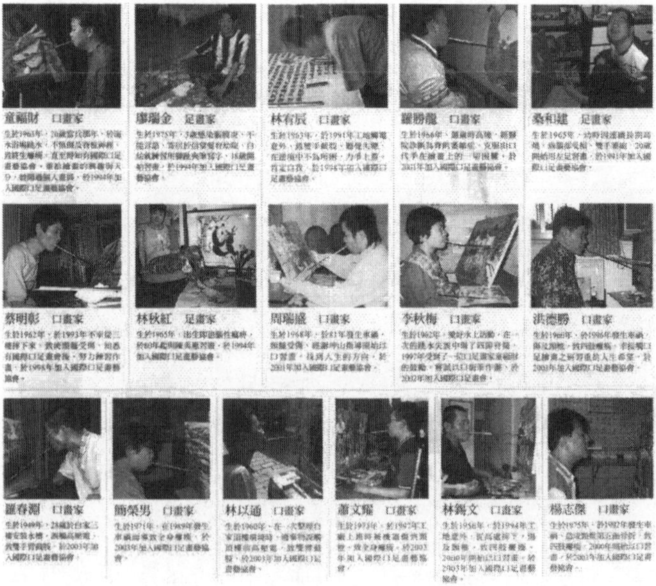

敢於運命便可以無中生有
點石成金，畫紙變錢
或用石頭釀酒
或拈一片風雨
放畫裡
使拍賣價節節升高

勇於運命
畫餅可以酒足飯飽
煮雲便能養家
一個個夢想都來找你
請你去實現

你一筆在口或在足
天下隨你詮釋
顏色歸你指揮
你是所有顏色的指揮官
只要你的筆下命令

林宥辰　口畫家

生於1963年，於1991年工地觸電意外，致雙手截肢，聽覺失聰，在逆境中不為所困，力爭上游，肯定自我，於1998年加入國際口足畫藝協會。

羅勝龍　口畫家

生於1966年，週歲時高燒，經醫院診斷為脊肌萎縮症，克服由口代手在繪畫上的一切困難，於2001年加入國際口足畫藝協會。

桑和建　足畫家

生於1965年，幼時因連續長期高燒，致腦部受損，雙手萎縮，20歲開始用左足習畫，於1991年加入國際口足畫藝協會。

周瑞盛　口畫家

生於1968年，於81年發生車禍，頸髓受傷，經謝坤山指導開始以口習畫，找到人生的方向，於2001年加入國際口足畫藝協會。

李秋梅　口畫家

生於1962年，愛好水上活動，在一次的跳水失誤中傷了四節脊髓，1997年受到了一位口足畫家童福財的鼓勵，嘗試以口銜筆作畫，於2002年加入國際口足畫會。

洪德勝　口畫家

生於1960年，於1996年發生車禍，傷及頸椎，致四肢癱瘓，幸接觸口足繪畫之研習重拾人生希望，於2003年加入國際口足畫藝協會。

顏色們都立正姿勢站好
且在你規定時間內
各就定位
無敢不從
順利的送達客戶手中
你是這顏色共和國
最高領袖
自成一個品牌
全世界沒有第二家
你是唯一

聽說AI會來搶你們生意
放心！就像有人說
狐狸精厲害，要搶元配大位
狐狸精再厲害，也是一隻獸
AI再厲害，只是機器
創造、發明、無中生有
它會嗎？

林以通　口畫家
生於1960年，在一次整理自家頂樓環境時，廢棄物誤觸頂樓前高壓電，致雙臂截肢，於2003年加入國際口足畫藝協會。

蕭文耀　口畫家
生於1973年，於1997年工廠上班時被機器傷到頸椎，致全身癱瘓。於2003年加入國際口足畫藝協會。

林錫文　口畫家
生於1956年，於1994年工地意外，從高處摔下，傷及頸椎，致四肢癱瘓，2000年開始以口習畫，於2003年加入國際口足畫藝協會。

楊志傑　口畫家
生於1975年，於1992年發生車禍，造成頸椎第五節骨折，致四肢癱瘓，2000年開始以口習畫，於2003年加入國際口足畫藝協會。

造夢織夢它會嗎？
口足畫家們
你們永遠是顏色共和國國主
最高領袖！

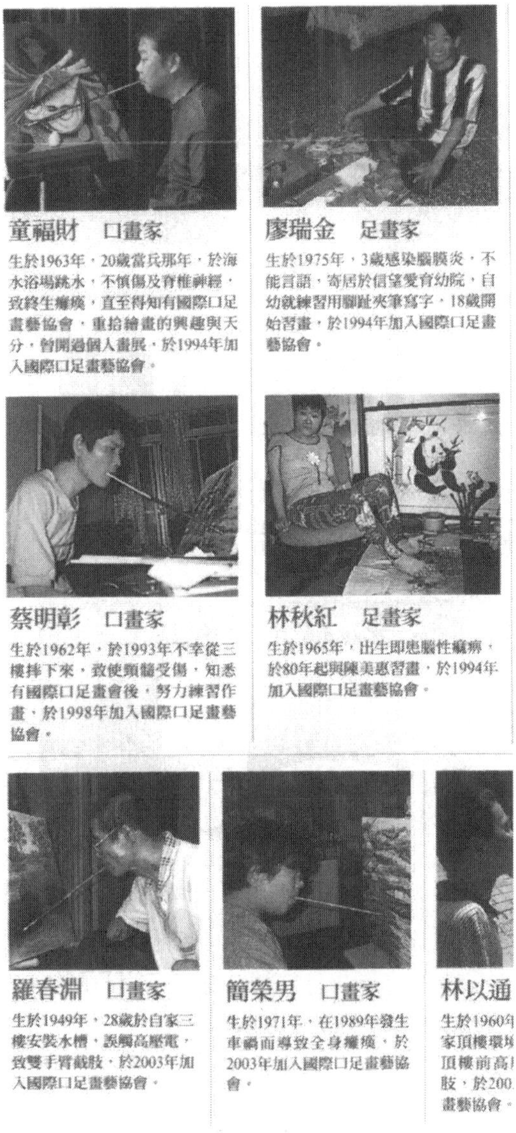

童福財　口畫家

生於1963年，20歲當兵那年，於海水浴場跳水，不慎傷及脊椎神經，致終生癱瘓，直至得知有國際口足畫藝協會，重拾繪畫的興趣與天分，曾開過個人畫展，於1994年加入國際口足畫藝協會。

廖瑞金　足畫家

生於1975年，3歲感染腦膜炎，不能言語，寄居於信望愛育幼院，自幼就練習用腳趾夾筆寫字，18歲開始習畫，於1994年加入國際口足畫藝協會。

蔡明彰　口畫家

生於1962年，於1993年不幸從三樓摔下來，致使頸髓受傷，知悉有國際口足畫會後，努力練習作畫，於1998年加入國際口足畫藝協會。

林秋紅　足畫家

生於1965年，出生即患腦性痲痺，於80年起與陳美惠習畫，於1994年加入國際口足畫藝協會。

羅春淵　口畫家

生於1949年，28歲於自家三樓安裝水槽，誤觸高壓電，致雙手臂截肢，於2003年加入國際口足畫藝協會。

簡榮男　口畫家

生於1971年，在1989年發生車禍而導致全身癱瘓，於2003年加入國際口足畫藝協會。

林以通

生於1960
家頂樓環
頂樓前高
肢，於200
畫藝協會。

陳風雨尋流浪漢送棉襖

詩頌陳風雨，尋流浪漢送棉襖

地球生氣了
情緒冷熱不定
凜冽的寒風來了
眾生平等對待
草木含悲
有錢的大爺在暖房含笑
流浪乞討者
在角落裡發抖
這個不平等的世界有誰看見了
二十八歲的陳風雨

尋流浪漢 送新棉襖

28歲陳風雨 經營服裝廠倒閉庫存 千件棉襖只送不賣

2015.元.15.人間福報

陳風雨（右）為一位老人試穿棉襖。 圖／新華社

【本報綜合報導】在大陸冬天凜冽的寒風中，陳風雨帶著棉襖，滿街尋找流浪漢，找到了就幫他們穿上，為他們送去寒冬裡的溫暖。有人認為他是大老闆，也有人認為他是慈善家，其實二十八歲的陳風雨是江西省弋陽縣一名普通司機，他與妻子共同擁有的服裝廠因為經營不善關閉後，剩下一千多件棉襖。在猶豫賣棉襖時，陳風雨看見一位流浪乞討者，因為寒冷而不停發抖，於是順手送出一件棉襖，讓流浪者非常感動。

此後，陳風雨走街串巷尋找無家可歸的人，兩個多月裡，送出五百多件、價值四萬多元人民幣（約台幣二十萬元）的厚實嶄新棉襖，又聯繫孤寡老人、敬老院，共送了出八百多件棉襖。他寒冬送暖的故事被傳上網後，他被網民親切地稱為「送襖哥」。陳風雨說，雖然這樣一來棉襖的本錢收不回來，但每當穿上棉襖的人拉著他的手說謝謝時，他就相信這麼做「值了」。

陳風雨表示，小時候家裡特別窮，家人與鄰居為了幾件捐贈的衣物爭吵的情景，讓他記憶深刻。現在自己生活改善了，就覺得應該做一些能力所及的事幫助他人。每當將棉襖送到需要的人手中，對方緊握著他的雙手或是一聲「謝謝！」都會讓他感到特別快樂。

陳風雨原本就非常有愛心，受家庭教育的影響，作出免費贈送棉襖的愛心善舉，也得到了家人的支持：「用行動把這份愛心持續下去。」

4歲童被拐 24年後與父團聚

【本報綜合報導】二十四年前，大陸四川發生一起兒童拐騙案，當年四歲的孫斌，被人從成都帶至江蘇徐州。今年二十八歲的孫斌，在大陸警方協助下，日前終與親生父親、從未謀面的妹妹團聚。孫斌見到父親的那一刻，忍不住下跪痛哭。

當年在成都蒲江縣市場內賣菜的孫斌父親回憶，那天兒子被拐後，夫妻倆放下生意四處張貼尋人啟事。兩夫妻一九九四年底，生下一名女兒，兩人也一直告訴女兒，她有一個叫孫斌的哥哥。

在江西省弋陽縣與妻經絡服裝廠
經營不善關廠
剩下一千多件棉襖
他偶然看到一位流浪乞討者
因寒冷而在街角發抖
順手送他一件，流浪漢非常感動

此後，陳風雨走街串巷找尋流浪漢
數月送出五百多件棉襖
又聯繫孤寡老人、敬老院
共送出八百多件新棉襖
陳風雨得到家人都支持
用行動把這份愛心持續下去
陳風雨相信這麼做
值得了

天寒地凍誰知曉
無家可歸的流浪漢最知道
雪是白色恐怖製造者
用看的也顫抖

28歲陳風雨 經營服裝廠倒閉庫存 千件棉襖只送不賣

2015.元.15.人間福報

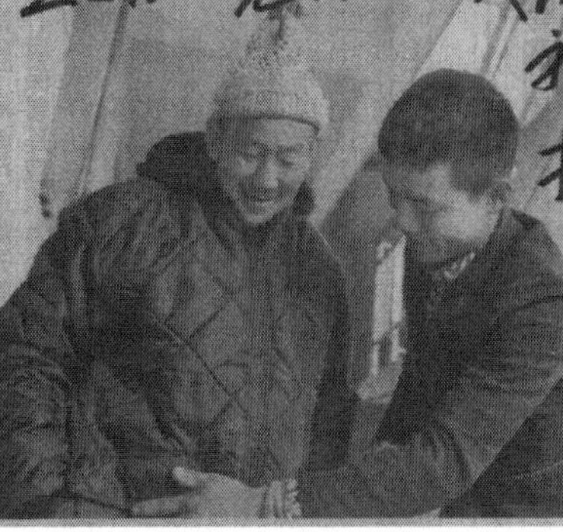

陳風雨（右）爲一位老人試穿棉襖。　圖／新華社

【本報綜合報導】在大陸冬天凜冽的寒風中，陳風雨帶著棉襖，滿街尋找流浪漢，找到了就幫他們穿上，爲他們增添寒冬裡的溫暖。有人認爲他是大老闆，也有人認爲他是慈善家，其實二十八歲的陳風雨是江西省弋陽縣一名普通司機，他與妻子共同擁有的服裝廠因爲經營不善關閉後，剩下一千多件棉襖。在擺攤賣棉襖時，陳風雨看見一位流浪乞討者，因爲寒冷而不停發抖，於是順手送出一件棉襖，讓流浪者非常感動。

此後，陳風雨走街串巷尋找無家可歸的人，兩個多月裡，送出五百多件、價值四萬多元人民幣（約台幣二十萬元）的厚實嶄新棉襖；又聯繫孤寡老人、敬老院，共送了出八百多件棉襖。他寒冬送暖的故事

漫天雪花不請自來
流浪漢困在街角
等待光或熱
陳風雨的棉襖突現眼前
棉襖的愛升溫
瞬間改變一個季節的氣候
街角暖化

陳風雨，你天生聽懂風雨的語言
所以你對風雨最有感
人爲什麼淪爲流浪乞討者
都因風雨的關係
被風風雨雨打敗了
只得去流浪
你一看就知道，風雨無情
送出棉襖，解風雨之困
陳風雨，你是天生的慈善家
天生，行善最樂
最值得

4歲童被拐 24年後與父團聚

【本報綜合報導】二十四年前，大陸四川發生一起兒童拐騙案，當年四歲的孫斌，被人從成都帶至江蘇徐州。今年二十八歲的孫斌，在大陸警方協助下，日前終與親生父親、從未謀面的妹妹團聚。孫斌見到父親的那一刻，忍不住下跪痛哭。

當年在成都蒲江縣市場內賣菜的孫斌父親回憶，那天兒子被拐後，夫妻倆放下生意四處張貼尋人啓事。兩夫妻一九九四年底，生下一名女兒。兩人也一直告訴女兒，她有一個叫孫斌的哥哥。

被傳上網後，他被網民親切地稱爲「送襖哥」。陳風雨說，雖然這樣一來棉襖的本錢收不回來，但每當穿上棉襖的人拉著他的手說謝謝時，他就相信這麼做「值了」。

陳風雨表示，小時候家裡特別窮，家人與鄰居爲了幾件捐贈的衣物爭吵的情景，讓他記憶深刻。現在自己生活改善了，就覺得應該做一些能力所及的事幫助他人。每當將棉襖送到需要的人手中，對方緊握著他的雙手或是一聲「謝謝！」都會讓他感到特別快樂。

陳風雨原本就非常有愛心，受家庭教育的影響，作出免費贈送棉襖的愛心善舉，也得到了家人的支持：「用行動把這份愛心持續下去。」

捐血一袋救人一命

詩頌捐血者

我的血
從我的身體裡嫁給你
是潑出去血
永遠不回收了
因爲對你有愛

我的血一遇到你
一見鍾情
命中註定要給你
與你相守一生
永不分離
與你同生共死

右圖爲台灣血液基金會董事長林國信，昨日於「愛在最高點」捐血活動中，頒獎感謝國際佛光會中華總會二十年來持續舉辦全國性捐血活動，至今已募集近一百萬袋鮮血的慈悲義舉，由北區協會副會長胡素華（左）代表領取。右下圖爲彭玉如（左）與陳冠穎（右）現場捐出第一〇一次鮮血，比出大拇指說「捐血讚」。 圖／記者宮以斯帖

世界捐血人日 小檔案

六月十四日是發現ABO血型而榮獲諾貝爾醫學獎的Dr. Karl Landsteiner生日；二〇〇四年，由世界衛生組織、紅十字會、紅新月會國際聯合會、捐血人組織國際聯合會及國際輸血學會，聯合發起制定。

資造來源／

台灣血液基金會董事長林國信

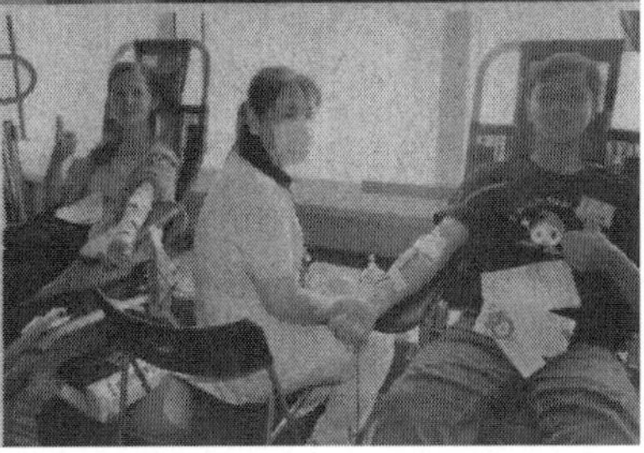

直到地老天荒
也是一起入土
同時化成天地一粒塵

我的血
是大愛
不分種族男女黨派
凡有須要者便給他
從此以後
我血中有你
你血中有我
恩怨情仇可以化除嗎
我能給你一滴血
這是累世的因緣
幾世之前早有約定
愛要分享

右圖爲台灣血液基金會董事長林國信，昨日於「愛在最高點」捐血活動中，頒獎感謝國際佛會中華總會二十年來持續舉辦全國性捐血活動，至今已募集近一百萬袋鮮血的慈悲義舉，由北區協會副會長胡素華（左）代表領取。右下圖爲彭玉如（左）與陳冠穎（右）現場捐出第一〇一次鮮血，比出大拇指說「捐血讚」。 圖／記者宮以斯帖

世界捐血人日 — 小檔案

六月十四日是發現ABO血型而榮獲諾貝爾醫學獎的Dr. Karl Landsteiner生日；二〇〇四年，由世界衛生組織、紅十字會、紅新月會國際聯合會、捐血人組織國際聯合會及國際輸血學會，聯合發起制定。

資造來源／
台灣血液基金會董事長林國信

赤腳醫生李建華懸壺四十載

詩頌甘肅水坡村赤腳醫生李建華

四十年
是一個人的生命中
所有精華地段
甘肅水坡村千餘老弱孤殘
四十年來全靠他
赤腳醫生李建華
這輩子守著水坡村
看病是樂子

春天去了回不來
李醫師一到春天又回頭

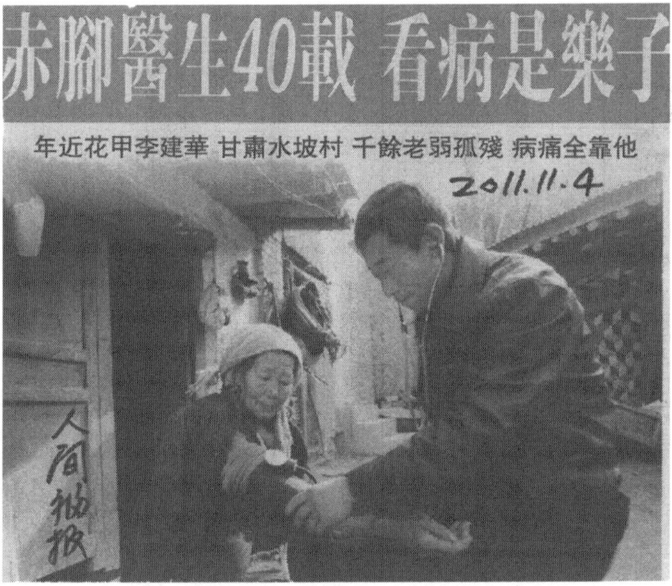

赤腳醫生40載 看病是樂子
年近花甲李建華 甘肅水坡村 千餘老弱孤殘 病痛全靠他
2011.11.4
人間福報

有的生命如一盆將滅的火
李醫師一到又燃燒
在老弱孤殘臉上
閃神異光采

老醫師有個願望
不是賺錢買房
也不是醫遍天下的大志
更不必獎章表揚
只想守著小村
看老弱孤殘的一抹笑意
和他的兒孫
深情擁抱
這就是人間最美的風景

江國兵奉養全村老人

詩頌江國兵奉養各村落老人

中國人講「孝」有三個層次
初層孝養自己的父母
中層光宗耀祖，彰顯父母之德
高層移孝做忠，忠於國家民族
江國兵之孝
各村落貧因孤老百餘人皆奉養
已遠超「孝」字範圍
而達社會慈善家

江國兵，湖北蘄春縣漕河鎮嚴壟村人
他和弟弟江華兵很早離家、闖蕩

百家孝子 奉養全村老人

江國兵遵循父親遺願 照顧村內貧困長者 陪他們吃年夜飯、發壓歲錢 10年未間斷

江國兵（右一）完成父親遺願，照顧全村七十幾名孤寡老人。圖／取自網路

一〇三．十二．十二 人間福報

【本報綜合報導】大陸湖北省蘄春縣漕河鎮嚴壟村四十七歲江國兵是嚴壟村民，事業有成後，因有感早年外出闖蕩，留在家中的父母受到村民照顧，決定遵循父親遺願，照顧全村七十多名貧困老人，甚至連附近七個村莊三十多名孤寡老人一併贍養，被稱為「百家孝子」，並於上月中旬獲得「十大敬老楷模」嘉獎。

江國兵與弟弟江華兵很早就離開嚴壟村，出外闖蕩，留在家中的父母得到村民悉心照顧，連生病都是村民連夜送到醫院。一九九四年，父親臨終前留下囑託給江國兵，要他以後如果有能力，一定要為村民做點事。

二〇〇二年，事業有成的江國兵回到家鄉，履行父親心願，安置一百位村民就業，擔起照顧全村七十多個貧困老人的義務。同時，他還將附近獨山、高山鋪等七個村三十多位孤寡老人，一併贍養。從那時開始，逢年過節，江國兵都要親自上門看望貧困老人，送錢送物。遇到老人有困難，他及時解囊相助。

父母在家中，得到全村民照顧
生病也是村民連夜送醫
一九九四年，父親臨終留下囑託給江國兵
要他事業有成，爲村民做點事

二〇〇二年，事業有成的江國兵返鄉
履行父親心願
安置百位村民就業
承担全村七十多個貧困老人贍養
附近七個村三十多孤老一併奉養
逢年過節，親自送錢送物
被稱「百家孝子」
獲「十大敬老楷模」頒獎

故鄉的事是父親的心願
一縷縷牽掛
有如亂麻
總想好好去梳理
故鄉的事都愁

一縷縷牽掛是涓涓鄉愁
總想找些機會
把鄉愁丟出心頭

故鄉的貧老都是父母
故鄉幼弱都是親子
有能力就一肩挑起
貧困老弱都奉養

江國兵，你的大愛
是溫暖全村的火苗
大孝與大愛
都在你身上看到
你是炎黃子孫的模範生
人生的意義
生命的價值
從你所做的事
得到正確的詮釋

後天全盲女博士賴淑蘭

詩頌後天全盲女博士賴淑蘭

所有的白天全都成了夜晚
夜晚，始終的夜晚
妳的世界是永夜
所有顏色逃離
星星月亮太陽都不見了
世界對妳變臉
妳依然沒有絕望
妳相信
光，是存在的
只要找到他
他不會永遠和自己躲貓貓

台灣首位 後天全

（本報台中訊）成年後失明的人會遇到什麼問題？靜宜大學講師賴淑蘭四十六歲全盲，她最近出書《人生瞎半場》，大談一般人視爲平常的事，像刷牙、搭車，對她來說都如同阿姆斯壯登上月球，視障者生活的困難，賴淑蘭透過文字告訴讀者難在哪裡。

去年六月十六日，賴淑蘭拿到嘉義中正大學成人及繼續教育研究所博士，成爲台灣第一位後天失明獲得博士學位的女性。二十六歲以前她是天之驕女，從基隆女中、中山女高到台大森林系，畢業先後在國內外大型企業任職，二十六歲以後，被診斷爲「視網膜色素變性」，無藥可醫，一天一天失去她的視力，二十年後全盲。

面對全盲，她原先不斷哀傷與悲嘆，但

賴淑蘭（前排右二）到大學演講，獲得學生認同。圖／賴淑蘭提供

黑暗是理性的
只要決心好好溝通
總可以在黑暗裡型點亮一盞燈
用愛點燈
黑暗必將讓步
有愛有燈
可以創造一個自己的世界

妳終於開啓自己的潛能
肉眼、天眼、慧眼、法眼、佛眼
五眼具備
妳一眼攝五眼
一世界攝多世界
一體同觀，萬法歸一
因向妳所見世界清楚明白

妳全盲之後
人生大放光明
妳以身說法
鼓舞所有盲者
發揮潛能，開啓五眼

台灣首位 後天全盲女博士

……盲女博士

有了宗教信仰，讓她展開一連串摸索。全盲的第一天就讓她吃盡苦頭，她的第一道難題就是下床刷牙，床離浴室只有七步，她卻跌跌撞撞，找不到牙刷，接著無法把牙膏擠在牙刷上，最後才想到擠在手指再塗到刷毛上。

搭車也是視障者的障礙，明眼人可以隨時調整姿勢應對轉彎、煞車等路況，但視障者多轉幾個彎就腦袋錯亂，賴淑蘭常很擔心萬一身邊無人求助，或遇到歹徒怎麼辦？

全盲讓賴淑蘭的生活全變調，成年失明讓她沒有先天盲人的本能，她出書講自己的摸索過程，希望政府或民眾對視障者多一份體諒，設身處地為視障者設想，讓視障者慢慢走出去。

陳鵬軍記錄父親最後十年

詩頌陳鵬軍記錄父親最後十年

世上的父親
大多像一座山
不動如山
孩子只在遠處望望
至於爬山嘛！太累了
等他走了
説兩句懷念的話足夠

河南伏牛山區嵩縣的陳鵬軍
與世上眾多人子不一樣
你用DV拍攝父親最後生活點滴

記錄父親最後10年 感動網友

陳鵬軍用DV拍攝生活點滴 記下爸爸音容笑貌 體會濃濃父愛

2013.6.17. 人間福報

【新華社電】中國河南省伏牛山區嵩縣的陳鵬軍在父親人生最後十年，用DV記錄下姐妹六人與父親的生活點滴。如今父親走了，這段影片成爲全家想念父親時的慰藉，而其中一段五分鐘的影片上傳網路，感動無數網友。

陳鵬軍的父親陳蕓二〇〇四年罹患一場大病，陳鵬軍不知道父親還能堅持多久，於是，他決定用影片記錄父親晚年時光，這一拍就是十年。陳鵬軍說：「我想給爸爸拍點東西，把他的音容笑貌記下來，以後拿出來看看，好像他永遠在我們身邊一樣。」

陳鵬軍用拍攝影片的方式記錄了陳蕓煮飯、做農活、拉二胡等生活點滴，而拍攝的過程，也讓他體會到濃濃的父愛，即使是生命晚年，父親也在默默爲家庭付出。陳鵬軍表示：「別人總說我是孝子，但比起父親對子女的付出，我覺

陳鵬軍（上圖），拍下父親（右圖）第一次看到海的開心模樣。圖／取自網路

記錄晚年十年行誼
感動很多人
陳鵬軍，你也夠牛的
空前絕後之舉
是不是因爲住在伏牛山的關係

只要掛上父親之名
就表示歲月會優先找上門
你身上的零件
將一件件老舊、腐壞
有的能修、能換
有的不能修，也不能換
儘管你目光依然堅毅
勉強維持一座山的形像
但誰都知道
風一吹可能就倒了

陳鵬軍，你是世間稀有的品種
稀有懂事、貼心的孩子

你把握「親情」二字
你老爸以前像一座山嗎
或許最後幾年
只能坐著像一座山
山裡總有一些花花草草
都是父親的老朋友
也都是親情的一部份
你完整的記錄下來
親情的芬芳
感動人阿！感動三界

陳鵬軍，你老爸現在在哪裡
不管在哪裡
老爸永遠在你心中
也許你和老爸仍有連繫
就在昨夜的夢裡
他顫巍巍地走過家門口
消失在……
看起來仍像一座山

天生兩指冉崇義育英才

詩頌天生兩指冉崇義育英才

屏東大同國中退休老師冉崇義
天生雙手各一指
也天生樂觀、積極
努力上進，政大中文系畢業
用兩指夾粉筆育英才四十年
獲選眷村模範人物

這是大社會小角落裡
一件小小感動人的小傳奇故事
依然是人間眾生裡
一個勇敢的生命

雙手各1指 夾粉筆育英才

【本報屏東訊】屏東大同國中退休老師冉崇義只有兩根手指，但寫得一手好字，考上名校與教職工作，還成為眷村模範人物。

冉崇義天生兩手各只有一根手指，但生活起居都難不倒他。他回想四十多年前大學聯考，當時還沒有殘障保障名額，考試也沒加分，他用左右兩根手指夾筆，考上政大中文系。

大學畢業後，他返回屏東，想到學校教書，卻受考試委員質疑：「你只有兩根手指，能拿粉筆寫字嗎？」他當下就用左右兩根手指拿粉筆寫字，寫得工整、有力，讓委員心服口服。他成為國中老師，還教過屏東市長葉壽山。

冉崇義今年獲選眷村傑出人士，許多眷村父母拿他當榜樣教孩子。

冉崇義說，從小生長在眷村，父母和鄰居從不把他當特殊小孩看，洗衣服、洗碗都難不倒他。國中老師發現他字寫得不錯，鼓勵他寫書法，他用兩根手指夾毛筆，練得一手好字，也在考教職時讓委員信服。

冉崇義唯一覺得遺憾的是沒辦法騎車，從小只能靠兩隻腳走路，但也因為長時間走路，六十多歲仍保持良好體態。

冉崇義與學生感情好，學生幽默說：「老師雖然只有兩根手指，教訓學生的力氣可不小。」讓他聽了哈哈大笑。冉崇義也喜歡上網，他說，兩根手指剛好，一根點滑鼠，一根敲鍵盤，「怎麼會不夠用呢？」

冉崇義能用兩根手指夾筆，連細竹籤也難不倒他。圖／董俞佳

一盞小燈

天生我才必有用
一粒塵埃也能散發溫暖
一朵小花亦可芬芳
老天爺的心思
無人能懂
所以也不怪老天爺
讓自己內心堅強
四周的人都不敢輕視你
二指勝過許多十指人

你的人生很值得
學生喜歡你
你教出一個屏東市長葉壽山
他們都會有你的堅毅精神
你又練就一手好書法
你的人生是壯麗的歌

退休了，仍將
踏歌而行
禮讚生命都有價值
天生我才必有用

雙手各1指 夾粉筆育英才

人間福報 2012.12.19

【本報屏東訊】屏東大同國中退休老師冉崇義只有兩根手指，但寫得一手好字，考上名校與教職工作，還成爲眷村模範人物。

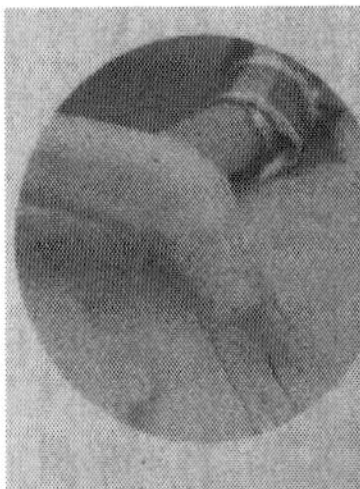

冉崇義能用兩根手指夾筆，連細竹籤也難不倒他。圖／董俞佳

冉崇義天生兩手各只有一根手指，但生活起居都難不倒他。他回想四十多年前大學聯考，當時還沒有殘障保障名額，考試也沒加分，他用左右兩根手指夾筆，考上政大中文系。

大學畢業後，他返回屏東，想到學校教書，卻受考試委員質疑：「你只有兩根手指，能拿粉筆寫字嗎？」他當下就用左右兩根手指拿粉筆寫字，寫得工整、有力，讓委員心服口服。他成爲國中老師，還教過屏東市長葉壽山。

冉崇義今年獲選爲眷村傑出人士，許多眷村父母拿他當榜樣鼓勵孩子。

冉崇義說，從小生長在眷村，父母和鄰居從不把他當特殊小孩看；洗衣服、洗碗都難不倒他。國中老師發現他字寫得不錯，鼓勵他寫書法，他用兩根手指夾毛筆，練得一手好字，也在考教職時讓委員信服。

冉崇義唯一覺得遺憾的是沒辦法騎車，從小只能靠兩隻腳走路，但也因爲長時間走路，六十多歲仍保持良好體態。

冉崇義與學生感情好，學生幽默說，「老師雖然只有兩根手指，教訓學生的力氣可不小」，讓他聽了哈哈大笑。冉崇義也喜歡上網，他說，兩根手指剛好，一根點滑鼠，一根敲鍵盤，「怎麼會不夠用呢？」

神州大地善人多

詩頌神州大地善人多

神州大地山河
乃神之州
聖賢之產地
古來有孔孟李柱
有儒釋道墨法
慈悲種子特別多
到處有善人

你不相信嗎
看看福建省石獅市區這家
「永恆陽光饅頭店」門口醒目紅色招牌寫著：
本店所有饅頭免費送給

神祕善人 送饅頭助貧

永恆陽光饅頭店 開張一年 日送上千顆 歡迎他人仿效

2012.8.15. 人間福報

【本報綜合報導】饅頭店內剛剛出籠的饅頭，熱氣騰騰的，散發出縷縷麥香，年輕店員小陳和小涂正在店內忙個不停。大陸福建省石獅市區「永恆陽光饅頭店」店門前的遮雨棚下，幾個食客坐在桌旁，邊吃饅頭，邊躲雨休息。店門口醒目的紅色招牌寫著，「本店所有饅頭免費送給各種貧困人群，不對外售賣，請諒解。如果您是生活困難的退休人員、收入低微的貧寒家庭、正在爲找工作奔波的畢業生、無助老人、流浪者、拾荒者……歡迎您來免費食用。」

六十歲的清潔人員黃阿婆，直走到蒸籠前，小涂立即掀開蒸籠，手腳俐落地將兩個饅頭裝在袋中遞給她，黃阿婆道了聲謝謝，隨即轉身離去，繼續她的清潔工作。一年來，類似的場景幾乎天天在永恆陽光饅頭店上演。「我們每天要趕在早上七時前開門迎客，一直工作到傍晚七時左右。」小陳說，爲了讓早起趕工的人即時吃到熱熱的饅頭，他們每天大約需要做五籠共一千個饅頭。除了春節期間停業，其餘時間風雨無阻，因爲「放一天假，有人就可能一天吃不到饅頭」。

饅頭店日送出一千顆饅頭　圖／取自網路

各種貧困人群
不對外售賣，請諒解
如果你是生活困難的退休人員
收入低微的貧寒與家庭
正在爲找工作奔波的畢業生
無助老人、流浪者、拾荒者……
歡迎你來免費食用

這是一家「店」嗎？
「店」不是要營業嗎？
營業不是要利潤嗎？
按筆者所見
此非店也
這是菩薩的道場
觀世音菩薩爲救苦助難而設
「神祕善人」乃神州大地上
隱身背後的菩薩眾
以無言說菩薩道

菩薩道行大愛

大愛所見眾生都是佛
佛把饅頭送佛子享用
傳播佛種
大愛就在神州廣傳
再廣傳五千年

神州大地善人多
大街小巷、原野田園
一個個善良子民悠閒生活
大家伸出
一双双慈悲的手
共建和諧社會
人類最佳好居所
這才是中國夢
最強大眞善美堅實力

廿一世紀人類希望在神州
條條大路通北京
條條都是菩薩道

也是我的感動

看這形像
人類歷史之前的五千年
似零星有過
到了現代社會
已瀕臨稀有
今又在台中太平示現
妳這樣侍候百歲婆婆
有如小菩薩侍候著老菩薩
共同以身說法
菩薩是眞的存在人間

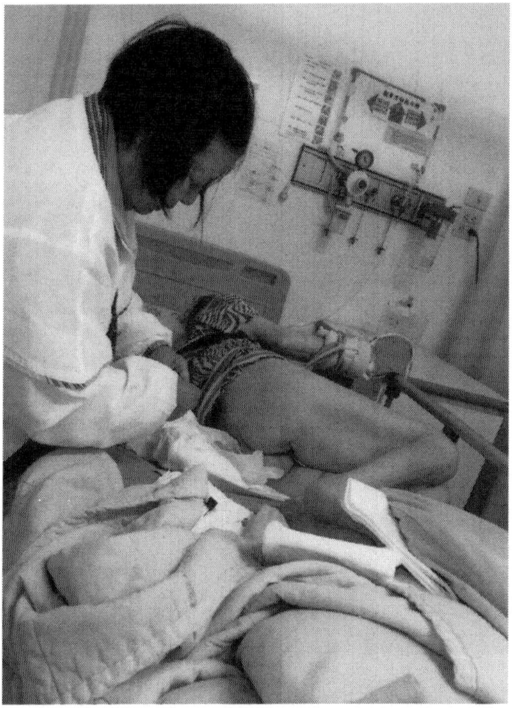

天底下的愛有很多種
愛父母、愛愛人
愛朋友、愛眾生
有嘴的都會説
其中有一種愛天生是困局
媳婦愛她的婆婆
她們是天生的競爭者
乃至敵對者
媳婦愛婆婆
「人」是做不到的
唯人間菩薩能之

老小相差一百多年
怎會在此交會
同食人間煙火
如日月交會的片刻
陳秀梅牽引的因緣
讓這老小
在生命的琴弦上
一起留下歡笑的歲月

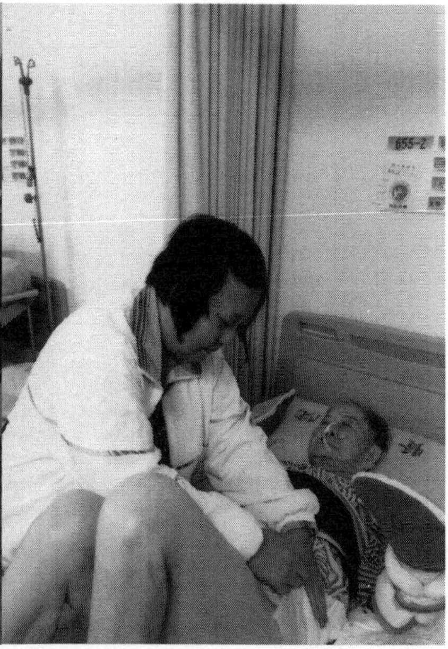

乃人間奇景
三世難逢之奇緣

這是一種美的感動
不是林志玲那種美
不是資產階級任何美
即原始又本能
的一種感動
凡能感動人的
就是天然美
天然的最好
如一朵花開在綠野
如中秋晚上的明月
美而圓滿

陳秀梅，妳說妳是
天生來服務人的
妳天生有大愛

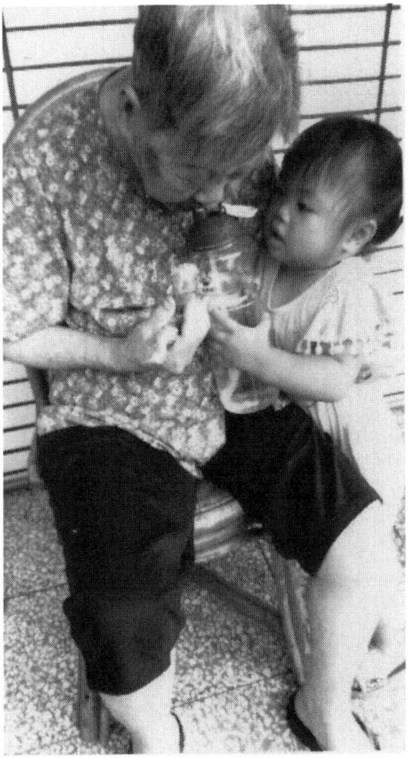

心中四季有暖陽
妳自己也吃了不少苦頭
吃苦當吃補
於是身上始終有光熱
燈光、火炬、星星、月亮
一種很低調的熱度
不是太陽的光芒

妳在八〇三醫院
照顧過多少孤老親友
在這裡
撒下許多大愛種子
不管是誰
妳給大家平等的愛心
佛說眾生平等
妳以身說法
眾生都看到了

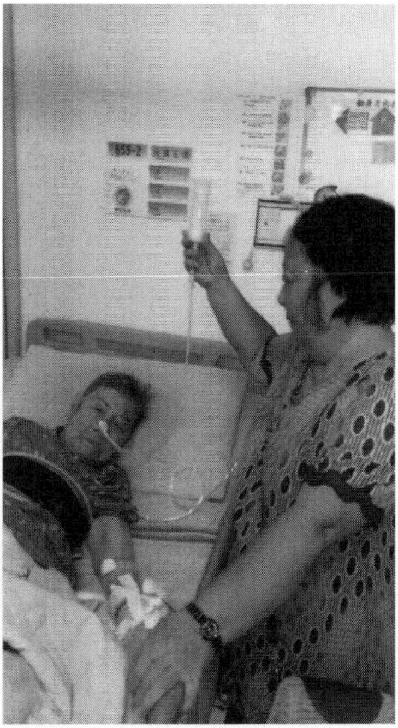

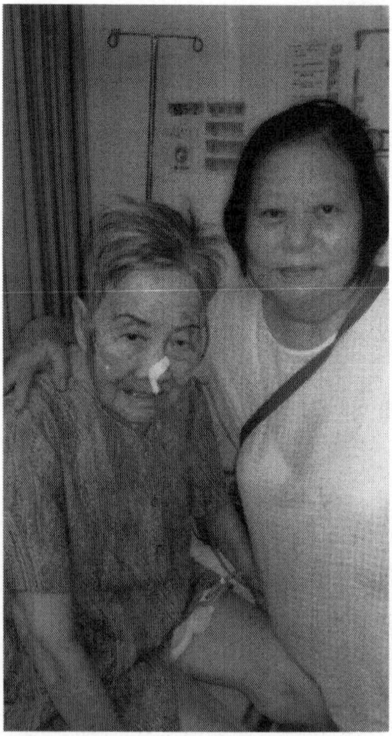

妳們是愛的發源地
愛的產地
假如世上沒有母親
人類從何而來
往何處去
妳們是母親中的模範母親
菩薩示現的母親
只要有一滴愛流佈
成就了
佈滿各處愛的江河
流遍天下
當大家都不戀不婚不生時
我們依然對增產報國
充滿熱情
炎黃子孫要綿衍
中華民族要壯大
全球中國化要人才
就在二十一世紀

中國人負責管全地球
須要很多人
你們增產報國
能不感動乎？

安慰升起一股溫度
擁有的感覺
要怎樣詮釋
笑於眉間
我的天空突然清朗
烏雲盡散
想問問你是誰
爲什麼有力道
使我感動

這些房子多麼的寒酸
路也不壯觀
但小巷四季如春

一群喜鵲玩的高興
手舞足蹈開展生命的起步
景像很衝激
撞擊都會的人心
我看到遠景
看到希望
和我有一點點
一點點關係
所以我感動

客家妹，築兩岸橋

詩頌客家妹歌聲築兩岸橋

當海峽兩岸橋
都斷得差不多了
苗栗的客家妹
用動聽的《客家妹》
築起堅固的音樂長橋
讓住在兩岸親友
重拾失落的夢

兩岸同文同種
有共同的夢
共同的歌聲

大陸中國音樂家協會和福州市人民政府共同主辦的第五屆海峽兩岸合唱節比賽，海峽兩岸十四支合唱團隊十七日在福建大劇院展開角逐，圖為台灣苗栗合唱團表演《客家妹》。評審由兩岸知名音樂界人士擔任。 圖／新華社

夢是共同的歌謠
双方都不能迷茫
要共同維護橋樑的安全通行

兩岸十四支合唱團
開展第五屆海峽兩岸合唱節比賽
一水之隔
兩岸一家人
只有合唱，才是幸福圓滿
合唱，是兩岸天生的因緣
只要兩岸攜手合唱
保證和平強大

客家妹以身說法
合唱才能共享中國夢
合唱是台灣唯一能走的
安全之路

張讚祥終身照顧智障弟

詩頌張讚祥終身照顧智障弟

「不要捨棄智障的手足」
這是母親臨終前的一句遺言
宜蘭縣五結鄉的張讚祥終身未娶
終身照料智障弟弟
母親可以含笑天堂

哥哥的兄弟情，感動世界
他的孝心，感動三界
人的一生都只有一回

他願意一輩子
守著智障弟
守著孤獨

不離不棄40年 人间福报
兄為智障弟終身未娶
2012.7.2.

不離不棄40年 人间福报
兄為智障弟

【本報宜蘭訊】為了老母親過世前吩咐的一句遺言「不要捨棄智障的手足」，宜蘭縣五結鄉七十三歲張讚祥終身未娶，全心照顧中度智障的弟弟，兄弟倆每天共乘鐵馬，四處打工、找食物，時間超過四十年從不間斷，兄弟感情之深，令人動容。

「阿兄，今天我們要去哪？」「放心！阿兄再遠都載你去。」五結鄉街頭常可看見張讚祥兄弟戴著工程帽、共乘單車的身影，五結村長黃文宏表示，這對兄弟家境清寒，靠著張讚祥的老人年金、低收入戶補助與弟弟的殘障補助過活，有時

這是多大的犧牲
世間平凡你我
有幾人願意？幾人能堅守一生？

張讚祥，一輩子要做好一件事
你做好了，做對了
兄弟倆
不管風啊，不管雨
心裡都互相惦念
守著彼此
也是人生另一種幸福圓滿

兄弟倆多麼自由自在
單車載著弟弟
今日吃東村大拜拜
明日吃西村關公生日
兄弟情深感動人
如果你娶了老婆
自由自在的日子瞬間飛了
不知有多慘！

…終身未娶

會到縣內各地廟宇活動或選舉場合去分食平安粥、炒米粉等熱食解決三餐，「不管廟宇有多遠，張讚祥都會載著弟弟前往，風雨無阻。」

黃文宏說，張讚祥個性較孤僻，但原因是「想要保護家園」，早年常劍拔弩張地與鄰居吵架，經過多年耐心溝通，因爲兄弟倆不偷不搶，如今街坊也習慣他們的生活模式，甚至對他們兄弟情誼稱羨不已。

民進黨宜蘭縣黨部執行委員陳啓生回憶，今年總統大選時，在競選總部常可見到張讚祥兄弟來用餐，不過相當守秩序，常主動拿起掃把打掃環境，因此工作人員都以「換工吃飯」的角度看待。

兄弟難免也會有口角爭執，五結鄉民劉俊誠曾看過他們吵架後的冷戰模樣，冷戰時張讚祥依然掛心弟弟跟不上單車速度，所以下車用走的，兄弟情深可見一斑。

2012.7.2.

宜蘭縣五結鄉街頭，可常見張讚祥騎單車載著弟弟的畫面。圖／簡榮輝

陳美華爲遊民理髮十年逾一萬人

詩頌陳美華為遊民理髮十年

「自己有一身手藝，與其在家
不如出來與人結善緣
幫助別人就是幫助自己」
這是婚紗業者陳美華的人生哲學
是妳的人生信仰
鳳山、岡山、旗山
三山，與妳結下不解之緣
妳一定天生深悟因緣法
這是釋迦牟尼佛在二千多年前
成道時悟出的宇宙第一法
《緣生論》說

為遊民理髮1

【本報高雄訊】「雖然是遊民，嘛是有尊嚴！」從事婚禮祕書超過二十五年的陳美華，十年前開始，每周四輪流到高雄鳳山、岡山、旗山等地，為街友理髮，且分文不取，十年來至少剪了一萬多個頭，也溫暖每一個遊民的心。她說，對遊民和對新娘子都一樣，希望他們都可以用最好的一面，面對人生。

被遊民暱稱為「美華姐」的陳美華已六十歲，目前還在高雄市一家婚紗公司任職。陳美華說，十年前一次偶然的機會中，到高雄縣遊民服務中心幫忙義剪，從此和遊民朋友結下不解之緣，之後的每個周四，她都輪流到高雄各地，幫遊民剪髮、整理門面。

藉緣生煩惱，藉緣亦生業
藉緣亦生報，無一不有緣
陳美華，妳天生知緣惜緣
妳敞開心胸寫春秋
與平等眾生結好緣
「遊民，嘛是有尊嚴」
妳以身說法
眾生平等
帝王將相和遊民
在妳心頭一視同仁
在妳手頭，無不低頭
陳美華，佛教大師傳教二千多年
講因緣法
說眾生平等
我在妳身上看見了
妳定是菩薩轉世
來啟蒙眾生

為遊民理髮 10年逾1萬人

10年逾1萬人

陳美華說，幫遊民剪髮很簡單，就是清爽、有型，大多以剪短髮為主，因為好整理、好清洗，所以大概五、六分鐘就可以完成，一天隨便剪就可以剪二、三十人「沒問題」。

「他們人都很好。」美華姐露出開懷的笑容說，因為剪髮，她認識了好多的遊民，有人固定一個月找她報到一次，也有人很久不來，還會被她「念」，她覺得，自己有一身手藝，與其在家，還不如出來與人結善緣，幫助別人就是幫助自己。

「美華姐的工夫比髮廊還好。」遊民阿順說，他六、七年前給美華姐剪過後，幾乎每個月都來報到。

陳美華十年來每周固定為遊民剪髮。有遊民表示，給她剪完頭髮後，整個人都精神起來，心情也更愉快。圖／陳宏瑞

陳星合追夢，追到太陽劇團

詩頌陳星合追夢，追到太陽劇團

陳星合，好小子
你追夢追到太陽了
太陽的溫度可是會死人的
你熬了過來
你打敗了太陽
成爲太陽劇團一員
未來你逐夢全世界
發揮你的藝術長才
告訴大家，你是怎麼追夢的
有一道山、一道水

成功　陳星合
：勇敢做夢
做足準備　入太陽劇團

陳星合（中）近期受邀到舞蹈藝術中心授課，受到小朋友喜愛。圖／王慧瑛

人間福報
2012.12.17.

擋住前行的路呢！
你怎麼辦？

有時夢跑了，眼前黯淡無光
有時夢破滅了．
要如何重新啓航？
你是個中能手

你以身說法
不領旁人眼光
下苦工夫
必能熬過太陽的熬煉
實現自己的夢想

成功 陳星合：勇敢做夢

不在乎別人眼光 苦練雜耍 做足準備 入太陽劇團

人間福報 2012.12.17.

陳星合（中）近期受邀到舞蹈藝術中心授課，受到小朋友喜愛。圖／王慧瑛

【本報新竹訊】二十九歲的陳星合出身單親家庭，十歲進入國光劇校學豫劇，高三在課堂看到太陽劇團影帶，埋下這一如太陽般炙熱的夢想。他不顧旁人眼光，苦學雜耍、小丑等絕技，做足準備等待機會來臨，終於成為二〇一〇年太陽劇團在台唯一簽約演員。

陳星合常以他的故事到校園演講，他告訴學子，相信自己很重要，要學會孤獨，願意冒險才有收穫、他說：「每天進步一點點，幸福快樂到永遠。」

陳星合說，他出身單親家庭，十歲進入國光劇校，即國立台灣戲曲學院的前身，學習傳統戲曲，之後攻讀台灣藝術大學舞蹈系。他說，十七歲那年看到太陽劇團的表演影片，心想：「我有沒有可能站在那個舞台上？」

陳星合努力追逐這個遙不可及的夢想，他學習體操、雜耍、小丑等絕技，在圓夢路上吃足苦頭。二〇〇六年，太陽劇團來台徵選演員，經過九個小時評選，他得到當年最高分，被建檔在太陽劇團人才資料庫裡。

等了四年，太陽劇團和他連繫，邀他加入名導羅伯．勒帕吉執導的「KA」這齣秀，二〇一〇年至二〇一一年期間，在拉斯維加斯駐點演出一年，有機會與世界各國頂尖人才合作，他自信地告訴合作夥伴：「我來自台灣。」

近一年來，陳星合與宅神朱學恆走訪全台多所學校演說，分享他勇敢追夢的奮鬥歷程。陳星合說，很多人在成長過程中失去作夢勇氣。

陳星合提到，他沒有特殊家世背景，英文沒特別好，外表亦不出眾，卻有機會登上太陽劇團舞台，脫穎而出的關鍵在於沒有自我設限，一路勇敢做夢，而且相信自己，總算如願以償。

席根小，全國十大綠化女狀元

詩頌席根小，全國十大綠化女狀元

席根小，妳讀俱慧眼和毅力
治沙造林，率領大家致富
現在全人類、所有眾生
吸到的每一口氧氣
必有一分是妳種出來的
妳功德無量
妳說根小，我說精神偉大

席根小，居住在茫茫沙漠裡
內蒙古奈曼旗固日班花蘇木幹代嘎查
數十年來，與丈夫投入
治沙、種樹、造林之綠化大業

植栽樹林 治沙又致富

今年四十七歲的席根小是大陸「全國十大綠化女狀元」，居住在茫茫沙漠內蒙古奈曼旗固日班花蘇木幹代嘎查。十八年前，她和丈夫湊了人民幣二千元，承包住家周邊的一千五百畝沙地，他們不分晝夜苦幹四十多天，在沙地上栽種三萬多株樹苗，最後只存活了幾百株。但席根小不放棄，和家人堅持十多年，先後投入資金約人民幣十五萬多元，種植楊樹五百畝、柳樹和榆樹近六百畝、山杏樹一百畝。

現在，她家已在林間開出二百多畝農田，養了八十多隻羊和十五頭牛，年家庭純收入超過人民幣二十萬元。在她的帶動下，村裡其他二十多户農民也照著她的模式承包沙地，栽樹種草養畜，逐漸走上了富裕路。圖為席根小和丈夫、兒子一起走過自己種植的樹林間。　圖／新華社

發展出數百畝農田
帶領當地農民一起種樹種草養畜
走上致富之路
沙漠終成宜居之地
獲頒「全國十大綠化女狀元」

席根小，妳這輩子
專與沙漠鬥爭
幾十年來，妳每天起得比太陽早
奮戰一輩子
終於打敗沙漠
讓沙漠變成子民宜居的綠洲
大量產出的氧氣
免費給全人類享用
現在全球眾生吸的每一口氧
定有一分是妳種出來的

現在神州大地上
生態文明結出綠油油的果實

沙漠成綠洲
綠水青山就是民族命脈
席根小，妳功德無量

植栽樹林 治沙又致富

今年四十七歲的席根小是大陸「全國十大綠化女狀元」，居住在茫茫沙漠內蒙古奈曼旗固日班花蘇木幹代嘎查。十八年前，她和丈夫湊了人民幣二千元，承包住家周邊的一千五百畝沙地，他們不捨晝夜苦幹四十多天，在沙地上栽植三萬多棵樹苗，最後只存活了幾百棵。但席根小不放棄，和家人堅持十多年，先後投入資金約人民幣十五萬多元，種植楊樹五百畝、柳樹和榆樹近六百畝、山杏樹一百畝。

現在，她家已在林間開出二百多畝農田，養了八十多隻羊和十五頭牛，年家庭純收入超過人民幣二十萬元。在她的帶動下，村裡其他二十多户農民也照著她的模式承包沙地，栽樹種草養畜，逐漸走上了富裕路。圖為席根小和丈夫、兒子一起走過自己種植的樹林間。 圖／新華社

陳福成著作全編總目

壹、兩岸關係

1. 決戰閏八月
2. 防衛大臺灣
3. 解開兩岸十大弔詭
4. 大陸政策與兩岸關係

貳、國家安全

5. 國家安全與情治機關的弔詭
6. 國家安全與戰略關係
7. 國家安全論壇。

參、中國學四部曲

8. 中國歷代戰爭新詮
9. 中國近代黨派發展研究新詮
10. 中國政治思想新詮
11. 中國四大兵法家新詮：孫子、吳起、孫臏、孔明

肆、歷史、人類、文化、宗教、會黨

12. 神劍與屠刀
13. 中國神譜
14. 天帝教的中華文化意涵
15. 奴婢妾匪到革命家之路：復興廣播電台謝雪紅訪講錄
16. 洪門、青幫與哥老會研究

伍、詩〈現代詩、傳統詩〉、文學

17. 幻夢花開一江山
18. 赤縣行腳・神州心旅
19. 「外公」與「外婆」的詩
20. 尋找一座山
21. 春秋記實
22. 性情世界
23. 春秋詩選
24. 八方風雲性情世界
25. 古晟的誕生
26. 把腳印典藏在雲端
27. 從魯迅文學醫人魂救國魂說起
28. 六十後詩雜記詩集

陸、現代詩（詩人、詩社）研究

29. 三月詩會研究
30. 我們的春秋大業：三月詩會二十年別集
31. 中國當代平民詩人王學忠
32. 讀詩稗記
33. 嚴謹與浪漫之間
34. 一信詩學研究：解剖一隻九頭詩鵠
35. 囚徒
36. 胡爾泰現代詩臆說
37. 王學忠籲天詩錄

柒、春秋典型人物研究、遊記

38. 山西芮城劉焦智「鳳梅人」報研究
39. 在「鳳梅人」小橋上

2015年9月後新著

編號	書　　　　　名	出版社	出版時間	定價	字數（萬）	內容性質
81	一隻菜鳥的學佛初認識	文史哲	2015.09	460	12	學佛心得
82	海青青的天空	文史哲	2015.09	250	6	現代詩評
83	為播詩種與莊雲惠詩作初探	文史哲	2015.11	280	5	童詩、現代詩評
84	世界洪門歷史文化協會論壇	文史哲	2016.01	280	6	洪門活動紀錄
85	三搞統一：解剖共產黨、國民黨、民進黨怎樣搞統一	文史哲	2016.03	420	13	政治、統一
86	緣來艱辛非尋常－賞讀范揚松仿古體詩稿	文史哲	2016.04	400	9	詩、文學
87	大兵法家范蠡研究－商聖財神陶朱公傳奇	文史哲	2016.06	280	8	范蠡研究
88	典藏斷滅的文明：最後一代書寫身影的告別紀念	文史哲	2016.08	450	8	各種手稿
89	葉莎現代詩研究欣賞：靈山一朵花的美感	文史哲	2016.08	220	6	現代詩評
90	臺灣大學退休人員聯誼會第十屆理事長實記暨2015～2016重要事件簿	文史哲	2016.04	400	8	日記
91	我與當代中國大學圖書館的因緣	文史哲	2017.04	300	5	紀念狀
92	廣西參訪遊記（編著）	文史哲	2016.10	300	6	詩、遊記
93	中國鄉土詩人金土作品研究	文史哲	2017.12	420	11	文學研究
94	暇豫翩翩《揚子江》詩刊：蟾蜍山麓讀書瑣記	文史哲	2018.02	320	7	文學研究
95	我讀上海《海上詩刊》：中國歷史園林豫園詩話瑣記	文史哲	2018.03	320	6	文學研究
96	天帝教第二人間使命：上帝加持中國統一之努力	文史哲	2018.03	460	13	宗教
97	范蠡致富研究與學習：商聖財神之實務與操作	文史哲	2018.06	280	8	文學研究
98	光陰簡史：我的影像回憶錄現代詩集	文史哲	2018.07	360	6	詩、文學
99	光陰考古學：失落圖像考古現代詩集	文史哲	2018.08	460	7	詩、文學
100	鄭雅文現代詩之佛法衍繹	文史哲	2018.08	240	6	文學研究
101	林錫嘉現代詩賞析	文史哲	2018.08	420	10	文學研究
102	現代田園詩人許其正作品研析	文史哲	2018.08	520	12	文學研究
103	莫渝現代詩賞析	文史哲	2018.08	320	7	文學研究
104	陳寧貴現代詩研究	文史哲	2018.08	380	9	文學研究
105	曾美霞現代詩研析	文史哲	2018.08	360	7	文學研究
106	劉正偉現代詩賞析	文史哲	2018.08	400	9	文學研究
107	陳福成著作述評：他的寫作人生	文史哲	2018.08	420	9	文學研究
108	舉起文化使命的火把：彭正雄出版及交流一甲子	文史哲	2018.08	480	9	文學研究
109	我讀北京《黃埔》雜誌的筆記	文史哲	2018.10	400	9	文學研究
110	北京天津廊坊參訪紀實	文史哲	2019.12	420	8	遊記
111	觀自在綠蒂詩話：無住生詩的漂泊詩人	文史哲	2019.12	420	14	文學研究

112	走過這一世的證據：影像回顧現代詩集	文史哲	2020.06	580	6	詩、文學
113	這一是我們同路的證據：影像回顧現代詩題集	文史哲	2020.06	540	6	詩、文學
114	感動世界：感動三界故事詩集	文史哲	2020.06	360	4	詩、文學
115	印加最後的獨白：蟾蜍山萬盛草齋詩稿	文史哲	2020.06	400	5	詩、文學

陳福成國防通識課程著編及其他作品

（各級學校教科書及其他）

編號	書　　名	出版社	教育部審定
1	國家安全概論（大學院校用）	幼　獅	民國 86 年
2	國家安全概述（高中職、專科用）	幼　獅	民國 86 年
3	國家安全概論（台灣大學專用書）	台　大	（臺大不送審）
4	軍事研究（大專院校用）	全　華	民國 95 年
5	國防通識（第一冊、高中學生用）	龍　騰	民國 94 年課程要綱
6	國防通識（第二冊、高中學生用）	龍　騰	同
7	國防通識（第三冊、高中學生用）	龍　騰	同
8	國防通識（第四冊、高中學生用）	龍　騰	同
9	國防通識（第一冊、教師專用）	龍　騰	同
10	國防通識（第二冊、教師專用）	龍　騰	同
11	國防通識（第三冊、教師專用）	龍　騰	同
12	國防通識（第四冊、教師專用）	龍　騰	同
13	臺灣大學退休人員聯誼會會務通訊	文史哲	
14	把腳印典藏在雲端：三月詩會詩人手稿詩	文史哲	
15	留住末代書寫的身影：三月詩會詩人往來書簡殘存集	文史哲	
16	三世因緣：書畫芳香幾世情	文史哲	

註：以上除編號 4，餘均非賣品，編號 4 至 12 均合著。
編號 13　定價 1000 元。